DIE WIENER UND IHR BURGTHEATER

WIENER THEMEN

KURT KAHL

DIE WIENER
UND IHR BURGTHEATER

Jugend und Volk Wien München

Abbildung auf dem Einband:
Gustav Klimt: Blick von der Bühne des alten Burgtheaters in den Zuschauerraum, Wien 1888
Die Bildvorlage stammt aus dem Historischen Museum der Stadt Wien

Buchgestaltung: Haimo Lauth

ISBN 3-7141-6082-5 Jugend und Volk Wien
ISBN 3-8113-6082-5 Jugend und Volk München
 3750-74/1/40
Druck: Vorwärts AG, 1050 Wien, und Novographic, 1238 Wien.

INHALTSVERZEICHNIS

Das alte Burgtheater. Aquarell von Franz Gerasch. 1888

I

DIE MAJESTÄT IN DER LOGE

Die größte Attraktion des alten Burgtheaters war sein allerhöchster Zuschauer, der Kaiser. Er war Stammgast und Hausherr in einem, ein Hausherr freilich, dem es — anders als dem Bayernkönig Ludwig II. — nicht genügte, daß für ihn allein gespielt wurde, sondern der sein Vergnügen mit anderen teilen wollte: mit seinem Hof, mit seinen Bürgern, mit den Wienern vor allem. Einer dieser kaiserlichen Hausherren, der spätere Biedermeierkaiser Franz I., ist sogar anläßlich seiner Geburt im Theater nächst der Burg annonciert worden. Das alte Burgtheater, ein nach 1741 umgebautes Ballhaus, war der am weitesten in die Innenstadt vorstechende Trakt der Hofburg. Maria Theresia hatte, dicht an der Bühne im ersten Stock, einen direkten Verbindungsgang zur Hofloge. Am Abend des 19. Februar 1768 durcheilte sie diesen Gang im Überschwang großmütterlichen Stolzes und verkündete von ihrer Loge aus bei offener Szene dem Publikum: „Kinder, mein Poldl hat an Buam kriegt!" Der Poldl, das war ihr Sohn, der Großherzog von Toskana, und der „Bua" der spätere Franz I.

Die Zugehörigkeit des Theaters zur Hofburg sicherte diesem ein erlesenes, wenn auch nicht immer aufmerksames Publikum. Im Zuschauerraum wurde des Abends Cercle gehalten, wer untertags nicht zur Audienz gekommen war, versuchte es in der Hofloge. Maria Theresia selbst konnte der Bühne nicht allzuviel abgewinnen, und daß die Pächter des Theatersaales kaum jemals aus ihren finanziellen Nöten herausfanden, machte ihr das Theater nicht angenehmer. Daran, das Defizit aus der eigenen Kassa zu decken, dachte die Kaiserin nicht — der Krieg um Schlesien verschlang genug Geld.

Lieber erlaubte sie dem Grafen Durazzo, im Théâtre Français près de la Bourg, das von einer französischen Truppe bespielt wurde, eine Spielbank einzurichten. Personen von Stand durften im Parterre gegen eine Abgabe von sechs Dukaten für den Tisch die Bank im Pharaospiel halten. Die Spielbank brachte im Jahr 100.000 Gulden Gewinn; das entsprach den Einnahmen der beiden Hoftheater in der Burg und beim Kärntnertor.

Ein anderer Pächter, der deutsche Komödianten beschäftigte, aber ohne Possen auskommen wollte, hatte bald so viel Schulden, daß er unter Hinterlassung ungedeckter Wechsel flüchtete; er endete, hieß es, als Galeerensträfling. Der reiche ungarische Magnat Graf Kohary, der sich als Pächter versuchte, ging Maria Theresia bald um ein Kaffeemonopol an; er wollte das Kilo Kaffee für 51 Kreuzer einkaufen, für 57 Kreuzer verkaufen und mit der Handelsspanne das Hofburgtheater erhalten. Als die Kaiserin sich nicht entschließen konnte, den Wienern den Kaffee zu verteuern, mußte Kohary den Konkurs anmelden.

So wäre wohl noch lange weitergewurstelt worden, hätte Maria Theresia nicht einen Mitregenten gehabt, ihren Sohn Josef II. Der fühlte sich auch auf dem Gebiet des Theaters zum Reformator berufen. Er stimmte mit dem Kritiker und Zensor Sonnenfels überein, der einerseits gegen den Hanswurst wetterte, der das Volk mit oft unflätigen Stegreifspäßen unterhielt, andrerseits aber dem Adel vorwarf, durch die Bevorzugung des französischen Theaters, der italienischen Oper und des Balletts das Aufblühen eines regelmäßigen deutschen Schauspiels zu behindern. Sonnenfels wandte sich an den jungen Kaiser, und er war an der richtigen Adresse: „Ist der Regent, ist der große Adel der einzige Gegenstand der öffentlichen Aufmerksamkeit? Verdient der Bürger, welcher zu dem allgemeinen Wohl nicht minder beiträgt, daß man seiner gar nicht gedenke? Gibt es nicht mehrere Klassen der unteren Bürger, welchen der Staat nach durchgearbeitetem Tage eine Erholung zu verschaffen verpflichtet ist?“

So demokratisch sich das ausnimmt — ein Theater für das Volk hatte es nicht zur Folge. Die Verteufelung der Volkssprache, des Dialekts, disqualifizierte die größten Dramatiker Österreichs neben Grillparzer, Raimund und Nestroy, für das Hofburgtheater. Als Josef II. die Bühne mit einem Handbillett vom 23. März 1776 zum Hof- und Nationaltheater erhob, hieß das zunächst nur, daß der Schwulst nun nicht mehr in französischer Sprache und in italienischem Belcanto, sondern in gestelztem Deutsch dargeboten wurde.

Der Kaiser war der ideale Zuschauer des Theaters, das nunmehr auf Rechnung des Hofärars geführt wurde, er war sein erster Kritiker, sein erster Dramaturg (Josef richtete Schillers „Fiesko" selbst fürs Burgtheater zu) und sein erster Direktor. Sogar aus dem Feldlager schickte er Anweisungen für die Schauspieler, er finanzierte dem Schauspieler Müller eine Erkundungsreise von einer deutschen Bühne zur anderen, und wenn er eine begabte Liebhaberin entdeckte, engagierte er sie.

Der Zulauf war anfangs mäßig. Josefs Talentesucher Müller notierte in seinen Erinnerungen: „Gewöhnt an die Ballette eines Noverre, war die Zahl der Zuschauer anfangs nicht groß; jedoch die tägliche Gegenwart Sr. Majestät des Kaisers füllte bald das Schauspielhaus." Man ging ins Hofburgtheater, um dem Monarchen nahe zu sein. Seine Anwesenheit war, wenn nicht die Hauptsache, eine geschätzte Draufgabe. Als Willibald Alexis 1833 aus Berlin anreiste, begeisterte er sich am „blauen Habsburgerauge inmitten des prachtvollen Rahmens der Loge".

Das Hof- und Nationaltheater wurde am 8. April 1776 — wenige Wochen vor der amerikanischen Unabhängigkeitserklärung — mit dem neuen Lustspiel „Die Schwiegermutter" von Franz Fuss und dem beliebten Einakter „Die indianische Witwe" eröffnet. Gespielt wurde nach wie vor nur für einen kleinen Kreis von Gebildeten. Wie klein dieser Kreis war, kann man aus einer Zählung schließen, die 1770 in Niederösterreich, dazu gehörte damals auch Wien, stattgefunden hatte: Von 133.419 Kindern besuchten nur 23.292 die Schule.

Für Josef II. war das Theater ein Instrument der Aufklärung. Jedes Stück sollte eine Sittenlehre enthalten, alles, was den Geschmack des Publikums verderben konnte, sollte vermieden werden. Der Kaiser selbst sorgte für Sitte und Anstand. Klingers „Zwillinge" mußten 1777 auf sein Geheiß nach der Premiere abgesetzt werden, weil er einen Verstoß gegen das vierte Gebot erkannte, Schauspieler mit fragwürdigem Lebenswandel wurden nicht engagiert.

Um die Wiener ins Hofburgtheater zu bringen, wurden die Eintrittspreise herabgesetzt; dafür wurden die üblichen Ballette eingespart. Für einen Platz im 1. Parterre war 1 Gulden zu zahlen, im 2. Parterre 20 Kreuzer, im 3. Stock auf beiden Seiten 30 Kreuzer, im 4. Stock 7 Kreuzer, die Logen im Parterre sowie im 1. und 2. Stock kosteten 3 Gulden — in einem guten Gasthof bekam man damals für 20 Kreuzer ein ausgiebiges Mittagmahl und ein Viertel Wein dazu. Das Schauspiel mußte auf des Kaisers Wunsch pünktlich um halb sieben Uhr anfangen, kurze Stücke mußten mit einer kleinen Piece ergänzt werden. Josef drang auch darauf, daß die wichtigen Rollen doppelt besetzt und alternierend gespielt wurden — so konnten sich jüngere Darsteller bewähren, und dem Publikum wurde Abwechslung geboten. Von diesem Prinzip wurde erst 1868 abgegangen, als Charlotte Wolter sich weigerte, eine Rolle zu teilen, die ohnedies nur zweimal im Jahr angesetzt war. Eine Zeitlang ließ der Kaiser nicht einmal die Namen der Darsteller auf den Theaterzettel drucken; das Publikum sollte vorher nicht wissen, wer spielte, um Parteiungen zu unterbinden.

Josef schwebte etwas wie ein Theaterkollektiv vor, das Hofburgtheater war für ihn eine „Schauspielerrepublik", zu deren Leitung er ein Regiekollegium eingesetzt hatte. Er sorgte für die Gleichstellung der Künstler mit den Hofbeamten, ihr Pensionsanspruch wurde von seinem Nachfolger Leopold II. bestätigt. Und eben ihres Beamtenstatus wegen verbot er seinen Schauspielern, sich lakaienhaft vor dem Vorhang zu verbeugen.

Das Vorhangverbot im Burgtheater, an das man sich heute

noch hält, obgleich alle diesbezüglichen Erlässe 1972 für aufgehoben erklärt worden sind, wurde von Josefs Nachfolgern selbstherrlich ausgelegt. Der Paragraph 19 einer Dienstordnung des Jahres 1800 bestimmte: „Das dreimalige Applaudieren ist bloß eine Ehrenbezeichnung des Publikums gegen den allerhöchsten Hof; dasselbe wird daher gegen das Theaterpersonal untersagt.“ Schauspieler, denen nicht geklatscht werden durfte, brauchten sich auch nicht vor dem Vorhang zu verbeugen. Folgerichtig bestätigte Kaiser Franz I. noch 1825 das Vorhangverbot.

Die autoritär anmutende Verfügung hat wiederholt Widerspruch gefunden. Einer der Burgtheaterdirektoren der Ersten Republik, Hermann Röbbeling, meinte zum Beispiel: „Die Schauspieler des Kaisers konnten leichteren Herzens auf den Beifall verzichten als die Darsteller eines republikanischen Landes und einer republikanischen Zeit. Heute muß das Burgtheater nicht minder intensiv als eine Privatbühne um das Publikum werben.“ Dagegen Paul Hoffmann, einer der letzten Direktoren: „Warum sollte man diesen hübschen, historischen Schnörkel eliminieren?“

Viele große Schauspieler nahmen und nehmen für das Vorhangverbot Partei. Werner Krauß kam es jedesmal wie Prostitution vor, wenn er als toter König Lear wieder aufstehen und sich verbeugen mußte, Paul Hörbiger sah das Verbot im Zusammenhang mit dem Ensemblegedanken: „Der Beifall konzentriert sich immer auf den Hauptdarsteller, der aber beim nächsten Stück eine kleine Rolle haben kann und dann um die Anerkennung umfällt.“ Josef Meinrad empfindet es als angenehm für den Schauspieler, wenn er sich am Ende nicht verschwitzt und erschöpft präsentieren muß, und Inge Konradi erklärt wie andere Kollegen: „Die Aufhebung wäre ein Verlust.“

Josef II. stellte sich das Problem gar nicht. Das Theater war sein Eigentum, also gehörte auch der Applaus ihm. Er kam für die Gagen auf, er honorierte die Autoren (anfangs 200 Gulden für ein neues Stück). Bald stellte sich übrigens heraus, daß es nicht genug deutsche Stücke gab. Lessing als Theaterdichter an Wien zu binden war ebensowenig geglückt wie das Engagement Goldonis in früherer Zeit, die hastigen Gelegenheitsstücke und Übersetzungen, wie sie einige Schauspieler, vor allem Stephanie der Jüngere, lieferten, genügten nicht immer dem Anspruch eines Nationaltheaters, die Spielplanbeherrscher späterer Jahrzehnte, Iffland und Kotzebue, standen erst am Anfang ihrer Fabrikation. Der Theaterdirektor Josef II., selbst ein guter Sänger und auf mehreren Instrumenten musizierend, behalf sich mit deutschen Singspielen und italienischen Opern. Im Verlauf dieses musikalischen Intermezzos wurden Mozarts „Entführung aus dem Serail", „Die Hochzeit des Figaro" und „Cosí fan tutte" im Hof- und Nationaltheater nächst der Burg uraufgeführt. Was und wie im Hofburgtheater gespielt wurde, dabei hat bis 1918 der jeweilige Stammgast in der Kaiserloge das letzte Wort gesprochen — oder besser: das erste. Josef II. ließ 1777 in einem Erlaß wissen: „Seine Majestät der Kaiser wollen keine Stücke vorgestellet wissen, in welchen Leichenbegängnisse, Kirchhöfe, Totengrüfte und ähnliche traurige Auftritt vorkommen. Unter dieser Betrachtung bleibt also ‚Romeo und Julia' für immer verboten." In Weißes Adaption, die von Anfang an auf dem Spielplan des Burgtheaters stand, wurden Romeo und Julia ein glückliches Paar, Shakespeares Trauerspiel erreichte, gemildert, die Hofbühne erst 1816.

Die Autoren wurden zwar ermuntert, Stücke einzureichen, sie wurden aber auch daran erinnert, „daß ihr vornehmstes Augenmerk unser Publikum, hiesiger Ort, gegenwärtige Zeit seyn müsse". Die Schauspiele sollten „des ersten deutschen Hofes Residenz, dem Aufenthalte des höchsten Adels" angemessen sein. „Gewisse Freyheit-Sentiments in monarchischen Staaten ausbreiten wollen, ist unschicklich."

Man wollte im Hofburgtheater unter sich bleiben. Hier wurden die Familienfeste der Habsburger gefeiert. Wenn Josefs Schwester Marie Antoinette ein Kind bekam, durfte die Wiener

Gesellschaft an dem freudigen Ereignis teilhaben. „Wegen höchsterfreulicher Nachricht über die glückliche Entbindung Ihro Majestät der Königin von Frankreich mit einem Dauphin Freitheater", vermerkte der Theaterzettel am 30. Oktober 1781; an diesem Abend wurde Glucks „Iphigenie" aufgeführt. Wenn ein Mitglied der kaiserlichen Familie starb, blieb das Burgtheater geschlossen, so 1898 nach der Ermordung Kaiserin Elisabeths und 1914 nach dem Attentat auf Franz Ferdinand. Andererseits war es üblich, den Geburts- und Namenstag des Kaisers und seiner Gattin am Abend vorher im Theater zu feiern.

Aus solchem Anlaß erklang am 12. Februar 1797 als Geburtstagsüberraschung im Hofburgtheater zum erstenmal die österreichische Volkshymne „Gott erhalte Franz, den Kaiser". Haydn dirigierte, als Franz II. — erst später, nicht mehr als deutscher, sondern als österreichischer Kaiser wurde er zu Franz I. — die Hofloge betrat. Daraus entwickelte sich ein Zeremoniell, die Hymne wurde alljährlich zum Geburts- und Namensfest gesungen, und zwar sowohl vom Publikum als auch vom Theaterpersonal; die Schauspielerinnen standen weißgekleidet zur Rechten der Bühne, gegenüber die schwarzgekleideten Herren. Der Theaterzettel mahnte: „Vor Beginn des Stückes wird das Volkslied ‚Gott erhalte Franz, den Kaiser' angestimmt."

Der Kaiser forderte als Hausherr Respekt in seinem Theater. „Wenn Ihre Majestät der Kaiser und die Kaiserin oder andere Mitglieder der allerhöchsten Familie im Theater erscheinen, so werden die Hüte abgenommen. Die Inspektoren, Kommissäre sind beauftragt, über die Beobachtung dieser Anordnung genau zu wachen." Die Anwesenheit des Monarchen wirkte sich auf der Bühne wie im Orchester aus. „Ist niemand vom Hofe da, nun so ist's gar elend", heißt es in einem frühen Bericht.

Wie die Majestät in der Loge den Applaus dämpfte, bremste sie auch den Unmut des Publikums. Theaterskandale fanden, wenn überhaupt, in Abwesenheit des Kaisers statt. Manchmal merkte er, welche Mühe es die Zuschauer kostete, ihren Protest zu zügeln. Bei dem Drama „Ein Morgen auf Capri“ erhob sich Kaiser Franz nach zwei Akten mit den Worten „Ich glaube, jetzt haben wir alle genug davon“ und verließ mit seinem Gefolge eilig die Loge — worauf sich der aufgestaute Ärger des Publikums in einem Tumult Luft machen durfte.

Im selben Jahr, 1827, setzte man die späte Erstaufführung von Schillers „Wilhelm Tell“, eines Dramas voller „Freyheit-Sentiments“, erst an, nachdem der Kaiser übers Wochenende nach Laxenburg gefahren war.

Die Gegenwart des kaiserlichen Zuschauers hat eine überängstliche Zensur nahezu anderthalb Jahrhunderte lang bewogen, einen guten Teil der klassischen Literatur und den jeweiligen Zeitgeist vom Hofburgtheater fernzuhalten. Ein Publikum, das dem zusehenden Monarchen seine Anteilnahme bezeugen wollte, reagierte in seinem Namen, in seinem Geiste oft empfindlicher als er selbst. Man empörte sich stellvertretend, subaltern. Als 1835 Halms „Griseldis“ uraufgeführt wurde, verließ der Kaiser bei der Szene, in welcher die Königin Ginevra vor dem standhaften Köhlermädchen knien mußte, ostentativ das Haus. Das Publikum, hauptsächlich vornehme Bürger und reiche Patrizier, war ebenso aufgebracht darüber, was einer Königin zugemutet wurde, wie Kaiser und Adel — Halm mußte die Szene so ändern, daß Ginevra das Knien erspart blieb.

Franz Josef, der am längsten Schutzherr des Hofburgtheaters gewesen ist, konnte vor allem auf religiöse Verstöße (oder was er dafür hielt) empfindlich reagieren. Als unter Laubes Direktion in „Maria Stuart“ die unglückliche Königin in der Sterbeszene ein Kreuz trug, ließ er energisch mitteilen: „Der amtierende Regisseur sei deswegen scharf zu rügen und ihm im Wiederholungsfalle mit der Ablösung zu drohen.“

Die Habsburger haben sich ihr Hofburgtheater viel kosten lassen, auch wenn sie mitunter versuchten, die Spesen anderen aufzubürden. Als die Selbstregierung der Schauspieler nicht funktionierte, machte Josef II. den Schauspieler Franz Brockmann zum Direktor. Josefs Neffe Franz wollte die Bürde wieder loswerden und verpachtete das Schauspielhaus dem Freiherrn von Braun; dem Pächter wurden 40.000 Gulden Subvention zugesichert, außerdem sollte keine weitere Theaterkonzession erteilt werden. Draufzahlen mußte der Kaiser immer. Um 1900 machte die Subvention bereits 200.000 Gulden aus.

Das Hofburgtheater wieder aufzugeben, nachdem es von 1817 an abermals auf kaiserliche Rechnung geführt wurde, konnte sich kein Habsburger mehr leisten. Das Theater war Teil des Hofes, das alte Haus gehörte zur Hofburg. Franz I. saß, besonders in seinen letzten Jahren, fast allabendlich in seiner Loge; sie war auf Betreiben seiner Gattin ausgepolstert worden, da es im alten Burgtheater ständig zog.

Der junge Kaiser Franz Josef war Stammgast im Hofburgtheater. „In den ersten fünfziger Jahren war er fleißig bei uns und lachte in den Lustspielen ausgiebig", erinnerte sich Heinrich Laube nach seiner Direktion. „Namentlich über Beckmann bisweilen so, daß er sich das Taschentuch in den Mund stopfte, um den Lärm des Gelächters zu dämpfen. Das wurde auf der Bühne höchlichst gewürdigt. Wer gut lacht, hieß es, ist ein gesunder Mensch. Das Bühnenvölkchen blickt so gern nach oben, um so mehr jetzt, da der Herrscher so jung war ..."

Daß Franz Josef, den Laube als lebenden Beweis für seine Behauptung „Kein Publikum lacht so leicht und so gut wie das Wiener" anführte, dem ernsten Drama weniger zugetan war, kann man aus seinen Briefen an seine Mutter herauslesen. Goethes „Tasso", zum hundertsten Geburtstag des Dichters gegeben, wirkte auf ihn „ungeheuer ennuyierend", und er stellte fest: „Diese unnütze Feier hätten wir uns hier wohl schenken können, wir haben bessere Sachen und Leute zu feiern." Ein andermal berichtete er der Mama: „Gestern war ich mit Sisi im ‚Sommernachtstraum' von Shakespeare im Burgtheater. Es war ziemlich langweilig und ungeheuer dumm. Nur Beckmann mit einem Eselskopf ist amüsant."

Das Burgtheater gehörte zum Familieneigentum der Habsburger wie die Kronjuwelen. Franz Josef ließ 1873 die besten Burgschauspieler in seinem Schönbrunner Schloßtheater auftreten — zur Galavorstellung von „Emilia Galotti" waren der deutsche Kaiser, der russische Zar, der belgische König, Bismarck und Andrassy erschienen —, und er nahm auch ein Burgtheaterensemble mit, als er Zar Alexander III. in Kremsier traf. Der Thronfolger Franz Ferdinand verlangte vom Hofburgtheaterdirektor Berger, nur solche Stücke aufzuführen, „die nicht gegen den Allerhöchsten Hof, die Armee, Gott, die Religion und die Sittlichkeit" verstießen. Franz Josef, der durch den vertrauten Umgang mit der Hofburgschauspielerin Katharina Schratt mehr Einblick in den Theaterbetrieb gewonnen hatte, verhinderte eine derartige Einengung; er wollte, wie verlautete, sein Burgtheater nicht zur langweiligsten Bühne Deutschlands machen.

Die k. k. Monarchie lag schon in den letzten Zügen, als sich Franz Josefs Erbe noch Sorgen um das Hofschauspiel machte. Ehe Kaiser Karl und sein Hofstaat Wien verließen, forderte der Oberhofmeister dem damaligen Burgtheaterdirektor Albert Heine unter dem Siegel der Verschwiegenheit ein Versprechen ab: „Sie sind ersucht, mir in die Hand zu geloben, Seiner Majestät nach dessen Rückkehr das Kaiserlich-Königliche Hofburgtheater wieder zu überliefern in derselben Verfassung, in der es sich augenblicklich befindet."

Heine konnte das nur mit Vorbehalt versprechen. Die Verfassung, in der sich die Monarchie befand, ließ das Ende des K. K. Hofburgtheaters befürchten. Nicht viel später konnte man in den Erzherzoglogen neben der Bühne neue Scheinwerfer montieren — die Erzherzöge kamen ebensowenig wieder wie der Kaiser.

II

THEATER FÜR ANFÄNGER

Das Burgtheater hat sich sein Publikum erst geschaffen. Wenn jemals, dann war hier zuerst das Angebot da und später erst die Nachfrage. Die „unteren Bürger", die nach Sonnenfels' Annahme danach dürsteten, „nach durchgearbeitetem Tage" in deutschen Versen erhoben zu werden, gab es kaum. Wer deutsch unterhalten werden wollte, ging zum Hanswurst.

Was als Nationaltheaterpublikum in Frage kam, gehörte unterschiedlichen Gruppen mehr oder minder privilegierter Bürger an. Hof und Adel waren mit wenigen Ausnahmen dem französischen Schauspiel, der italienischen Oper und dem Ballett zugetan, die höheren Beamten, das spärliche Bildungsbürgertum, die Grundbesitzer, Hausherren und Kaufleute waren dankbar, von den hochangesehenen Genüssen naschen zu dürfen.

Der Bedarf an einem deutschen Sprechtheater war gering. Noch 1790 notierte ein Chronist: „Allgemeine Begeisterung, die man bei der Oper so oft wahrnimmt, sah ich im Schauspiele noch nie; wohl allgemeines Gelächter bei einer Lieblingsposse. Es gibt in Wien zu viel Menschen, die nicht Deutsch verstehen; Italiener, Polen, Ungarn, Kroaten, Franzosen, Griechen, Engländer findet man allenthalben." Wien war Weltstadt, Theater in deutscher Sprache erschien der vornehmen Gesellschaft provinziell.

Für das regelmäßige deutsche Schauspiel, das Josef II. in seinem Hof- und Nationaltheater nebst Übersetzungen pflegen wollte, fehlten Publikum und Literatur. Dafür gab es eines: die Schauspieler, und von diesem Primat ist das Burgtheater bis auf den heutigen Tag nicht losgekommen.

Das Ensemble, das sich in Wien zusammenfand, hatte in Deutschland nicht seinesgleichen. Christiane Weidner, Lessings Jugendliebe, und Johanna Sacco, Franz Brockmann und vier Jahre lang der weithin berühmte Friedrich Ludwig Schröder, daneben eine Truppe vielseitiger Mitspieler vermochten es, im Laufe der Zeit ein Publikum anzulocken, das an dem, was gesprochen wurde, recht wenig interessiert war.

Wie unaufmerksam dieses Publikum war, hat C. Maier in seiner Schrift über das Nationaltheater 1782 festgehalten: „Vorwärts auf dem ersten Parterre schwäzzen die Officiers und andere vom Adel, welche entweder das Stück schon gesehen haben oder nächstens aufführen sehen können, mit ihren guten Freunden, denen sie da eben begegnen, so tapfer darauf, daß der Zuschauer oft die artigsten französischen Gespräche, selten aber die Worte des Schauspielers vernehmen kann.“

Wenn etwas die Schwätzer zum Verstummen bringen konnte, dann waren es Schauspielerpersönlichkeiten. Als die Sacco zum erstenmal im Burgtheater auftrat, war sie mit einem Schlag populär, und bald konnte der Kaiser seinem Bruder, dem Großherzog von Toscana, berichten: „Die deutsche Komödie mit Madame Sacco entzückt fortwährend die Wiener und ich genieße die Früchte davon, da die Theaterkassa, die man bankrott hielt, nunmehr nur Gewinn ausweist.“

Dabei ist es geblieben. Die Wiener gingen nicht ins Theater, um Shakespeares „König Lear“ zu sehen, sondern um Schröders Lear mit dem Lear Brockmanns zu vergleichen. Schröders Stil, seine Natürlichkeit, die dem Pathos der Weimarer Schule widerstand, prägte die Spielart des Burgtheaters. Seine Wirkung auf das Wiener Publikum war ungeheuer: „Diese Erwartung, diese Freude bei seiner Erscheinung, diese Spannung, dieses Aufmerken, dieses Begleiten, dieses Stillegebieten vor einer bedeutenden Rede, dieses mühsam zurückgehaltene, jede Störung des Bevorstehenden ängstlich vermeidende Entzücken, diesen lauten, langen, wiederholten, unersättlichen Ausbruch des Jubels, wenn endlich das Ersehnte vollendet war ...“

Schröder, der die Spitzengage von 2550 Gulden im Jahr bezog, brachte das Hofburgtheater ins Gespräch, er und einige andere Protagonisten holten auch bei ernsthaften Stücken das Publikum ins Haus. Es war ein Publikum, das eben erst an seine Muttersprache zu glauben begann, und es war dankbar. Als Schröder nach Hamburg zurückkehrte, schrieb ihm der Kaiser: „Ich kann Ihnen mein Erstaunen nicht verbergen, lieber Schröder, daß ein Künstler wie Sie über sich gewinnen kann, das empfänglichste Publikum mit dem zu vertauschen, welches als das kälteste verrufen ist."

Das Wiener Publikum hat nicht erst zu Bauernfelds Zeiten, als die Bühne zum Salon wurde, von den Künstlern des Hof- und Nationaltheaters gelernt, sondern von Anfang an — als die Komödianten selbst Empfangende waren. Lessing hatte sich noch über die Vielfalt an Dialekten beklagt, die auf der Bühne des Hofburgtheaters zu hören waren, und tatsächlich kamen diese Schauspieler ja aus den verschiedensten Landstrichen, aus den verwegensten Theatertruppen, es fehlte ihnen nicht nur an großstädtischer Lebensart, sondern auch am rechten Ausdruck. Sie hatten, im Dienste Hanswursts, nachgerade von der Mundart im Mund gelebt.

Schon als Kohary das Burgtheater gepachtet hatte, erläuterte Sonnenfels dem Publikum, wessen die Komödianten für das deutsche Schauspiel, das „Schauspiel der Nation", bedurften: „Sie werden, um sich den nötigen Anstand zu eigen zu machen, in der Hauptstadt häufige Muster vor Augen haben, die Schauspielerinnen werden an der Dame, die Schauspieler im Kreise der Cavaliere die Urbilder zur Leichtigkeit des Umganges und zur feinen Höflichkeit studieren können, und wir haben von der Güte des hiesigen Adels zu erwarten, er werde sich um das National-Schauspiel nicht allein durch seinen Schutz verdient machen, sondern auch an der Bildung des Schauspielers näher Antheil nehmen."

Fürst Kaunitz, der das Hofburgtheater am liebsten selbst gepachtet hätte (Maria Theresia hatte es ihm untersagt), schloß sich dieser Aufforderung an: Der Schauspieler müsse mehr als jeder andere den Umgang mit dem Adel suchen und Reisen unternehmen, um fremde Nationen und Sitten zu studieren. Als er Johanna Sacco seinen Salon öffnete, standen ihr alle Salons der Residenz — „bis ins Kabinett der Kaiserin" — offen. So rasch vollzog sich der Wandel vom geringgeschätzten vazierenden Komödianten zum geachteten Bürger, daß Josefs Talentsucher Müller in Wien wie ein großer Herr leben, Adel und Gelehrte zur Tafel laden konnte.

Mochte die deutsche Literatur vom Wiener Nationaltheater zunächst auch wenig profitieren, für die Alltagskultur der Stadt war der Einfluß der Hofbühne maßgeblich. Nicht, daß auf einmal die Schusterbuben nach der Schrift geredet hätten! Auch die oberen Schichten der Gesellschaft hatten ein gutes Beispiel nötig, selbst Männer in glänzenden Ehrenstellen bedienten sich, wie ein Zeitgenosse klagte, einer schlechten und rauhen Aussprache. Einige Jahre später konstatierte man, daß sich Geschmack und Sprache des Publikums unter dem Einfluß des Theaters gebessert hatten. Staatsrat Gebler, neben Sonnenfels eine treibende Kraft bei der Gründung des Nationaltheaters, schrieb 1783: „Eine so schnelle Veränderung der Denkungsart bis auf das gemeine Volk hinab, welches manchen finster bleibenden Kopf höherer Klassen beschämet, ist meines Wissens ohne Beispiel."

Für den allgemeinen Umgangston war es gar kein Unglück, daß die Shakespeare-Abende mit Schröder und Brockmann so rar waren, daß die Sacco zwar die Emilia Galotti und Miß Sara Sampson, viel häufiger aber Lustspielrollen spielte. Nicht das Deklamieren lernte Wien von den Burgschauspielern, sondern die Kunst der Konversation. Das Burgtheater-Statut von 1779 schrieb für das Lustspiel vor: „Die Sprache sei von der Natur, aber nicht vom Pöbel genommen."

Sehr rasch entwickelten die Schauspieler ein Standesbewußtsein, das sie vorher nicht gekannt hatten. Sie legten jetzt Wert darauf, auf gleichem Fuße zumindest mit dem bürgerlichen Teil ihres Publikums zu stehen. Joseph Richter, in den ersten Jahren selbst mit sechs Stücken auf dem Burgtheaterspielplan vertreten, berichtete 1804 in seinen „Briefen eines Eipeldauers an seinen Herrn Vettern in Kakran über d' Wienstadt", daß es die bereits anerkannte Schauspielerin Katharina Hartmann für nötig befand, das Gerücht, sie sei eine fremde Dienstmagd gewesen, zu dementieren: „Wie sie sich also 's letzte Mal für den großen Beyfall bedankt hat, so hat s' gegn 's Publikum die Wort gesagt: Sie schenken Ihren gnädigen Beyfall weder einer Ausländerin noch einer Dienstmagd, sondern Ihrer Landsmannin und einer verwaisten Burgerstochter."

Einige Jahrzehnte später hätte es eines solchen Hinweises nicht mehr bedurft. Ein Burgschauspieler, den das Publikum liebte, brauchte keine andere Legitimation als seine Kunst. Adolph Sonnenthal, ein jüdischer Schneidergeselle aus Pest, wurde 1881 vom Kaiser mit dem Orden der Eisernen Krone ausgezeichnet und damit geadelt. Mehrere Generationen bemühten sich, ihm im Sprechen, im Auftreten und in der Garderobe zu gleichen. „Einer, der uns vorspielen kann, was er will, ist doch mehr als wir alle", dichtete der Sonnenthal-Protegé Arthur Schnitzler im „Grünen Kakadu".

Von seinen Schauspielern ließ sich das Wiener Publikum vieles sagen. Um 1800 rettete der Schauspieler und Regisseur Joseph Weidmann einmal einen verloren geglaubten Abend. Als die Zuschauer schon im ersten Akt aufbegehrten, ließ Weidmann in der Pause den Vorhang aufziehen, setzte sich in der Mitte der Bühne auf einen Sessel und redete dem Publikum zu: „Ein Dichter schreibt ein Stück; er hat Talent und gibt sich alle mögliche Mühe, denn er muß von solchen Arbeiten leben. Es kommt zur Aufführung, und die Acteure tun ihre Schuldigkeit. Die Zuschauer aber sind nicht bei Laune und verdammen das Stück, noch ehe sie es ganz kennen." Sein Appell: „Was soll denn das heißen? Ich bitte Sie um alles in der Welt", hatte Erfolg. Er bekam Applaus für seine Courage, der Autor für sein Stück.

Damals waren Zuschauer und Schauspieler keine Anfänger mehr, nicht in der wohlgesetzten deutschen Sprache und nicht, was das Hofburgtheater anlangte. Der Spielplan hatte sich mit Klassischem angereichert, für ein empfängliches Gemüt konnte das deutsche Schauspiel jetzt auch in literarischer Hinsicht fruchtbar werden. Das Muster solch eines aufnahmebereiten Gemüts war der Zuckerbäckerlehrbub Ferdinand Raimund, der als „Numero" im Hofburgtheater Erfrischungen verkaufte. Die Theaterordnung von 1800, die nicht nur Kutschern, Sesselträgern, Laufern und Hunden das Betreten des Theaters verbot, sondern auch den „Lemoni- und Gfrornesverkauf" während der Vorstellung untersagte, ließ dem Lehrbuben Zeit, zwischen den Pausen das Spiel der Schauspieler zu verfolgen.

Der Eindruck war so tief, daß Raimund noch Jahrzehnte später den Hofburgschauspieler Ferdinand Ochsenheimer, er spielte den Wurm in einer zensurverstümmelten „Kabale und Liebe", imitierte — und wegen Grimassierens ausgelacht wurde. Das Beispiel der Burgschauspieler veranlaßte Raimund, selbst zum Theater zu gehen, und es brachte ihn in der Folge dazu, Stücke zu schreiben. Eines seiner Zaubermärchen, „Die gefesselte Phantasie", schrieb er in der Hoffnung, das Hofburgtheater werde es spielen.

Raimund, der wie Nestroy im Kaffeehaus mit Burgschauspielern zusammensaß, hatte das Glück, in der Vorstadt Karriere zu machen, wo Dialekt erlaubt und erwünscht war. Hätte Kaiser Franz nicht wegen einer Eifersuchtsaffäre ein Vorurteil gegen Raimund gehegt, hätte sich ihm das Burgtheater geöffnet. Unsere Literatur wäre wohl um ein paar zauberhafte Stücke ärmer und um etliches falsches Pathos reicher.

III

DIE VIERTE GALERIE

Ferdinand Raimund führte sein Broterwerb auf die Galerie des Hofburgtheaters, andere seinesgleichen, Volk aus der Vorstadt, kamen als zahlende Gäste. Vor allem die Ritterstücke, die zeitweise den Spielplan beherrschten, und Ballette zogen sie an. „Im Nazonaltheater hab' ich schon ein paar Stuck g'sehn; und da muß man fast bitten, wenn man sein Geld anbringen will, so voll ist's immer. 's ist oft genug leer g'wesen; aber jetzt fangen s' an gscheid z' werden und gebn Stuck, wo 's Aug und 's Ohr was dabey hat", meldete der Eipeldauer.

Der letzte Akt der Stücke wurde häufig einfach „weggeschnitzelt", um Zeit für ein Ballett zu schaffen — denn die Tänzerin Vigano war vorübergehend der eigentliche Anziehungspunkt der kaiserlichen Sprechbühne. Das Publikum raste bei ihrem Anblick dermaßen, daß der türkische Botschafter flüchtete; er fürchtete, von einem der vermeintlich tollwütigen Wiener gebissen zu werden. Binnen kurzem etablierte sich eine Mode à la Vigano, und der Kunsthändler Löschenkohl auf dem Kohlmarkt sanierte sich, indem er Fächer à la Vigano verkaufte.

„Um einen Siebzehner kann man unmöglich mehr verlangen", hieß es, als handlungsreiche Ritterspektakel mit Balletten aufgefüllt wurden. Siebzehn Kreuzer kostete ein Platz in der ersten Reihe der vierten Galerie. Dort oben fand man ein Publikum, das von den Herrschaften in den Logen nur als Zaungast geduldet wurde, das sich aber durch deren Nähe geschmeichelt fühlte. Wie Hermann Bahr für eine spätere Generation aussagte, „dachten manche nach Jahren noch sehnsüchtig an die vierte Galerie zurück, auf der sie zum erstenmal und mancher, der in die Provinz oder in einen engen Beruf ging, auch zum letztenmal in der großen Welt verkehrt hatten".

Auch zu Laubes Zeiten, über die Bahr berichtete, fühlten sich die Logeninsassen über das Volk erhaben. Als der Direktor den Einakter „Die Dienstboten" von Benedix aufführen wollte, wurde er jahrelang abgewiesen: „Das Hoftheater ein ganzes Stück lang — wenn auch nur ein einaktiges — der Dienerschaft eines Hauses allein zu überlassen, das — das schien unanständig. Vielleicht nicht geradezu gemein, aber unanständig. Dafür, hieß es, ist ein solches Theater nicht da!" erinnerte sich Laube.

Als zahlendes Publikum waren die einfachen Leute dem Freiherrn von Braun, der das Hofburgtheater 1794 in Pacht genommen hatte, durchaus willkommen — er mußte ja dem Hof tausende Gratisbilletts überlassen. Nur ein kleiner Teil der Karten gelangte überhaupt in den freien Verkauf, etwa die Fremdenlogen und vor allem die Plätze auf der vierten Galerie. Das hatte zur Folge, daß bei großem Andrang die Agiotage blühte. Freie Logenplätze wurden von Hotelportiers und Kaffeehauskellnern mit Aufschlag weitergegeben, auch manche Logenbesitzer verschafften sich auf diesem Umweg eine Einnahme.

Was die vierte Galerie betraf, so machten „Gassen- und Schnipferbuben" ein Geschäft daraus, als erste an der Kassa zu sein, ihre siebzehn Kreuzer hinzulegen und die besten Plätze einzunehmen. Kam dann einer, der ihnen zwei Siebzehner gab, machten sie ihm Platz und ließen sich beim Kassierer ihre siebzehn Kreuzer wieder zurückgeben. „So werden den wirklichen Theaterliebhabern d' besten Platz durch 's schlechte Gsindl weggnommen, und d' honnetisten Leut müssen sichs gfalln lassen, unter schmutzigen Kuchelmenschern und Gassenbuben z' sitzen, und ihre Zottn und Possen mit anz'hörn", schimpfte der Eipeldauer, ohne zu würdigen, daß die „schmutzigen Kuchelmenscher" überhaupt ins National- und nicht ins tierquälerische Hetztheater gingen.

Bequemer hätten sie es auch in den Vorstadttheatern haben können, wo die Lokalität luxuriöser, die Ausstattung prächtiger, die Musik besser und die Unterhaltung zwangloser war. Schon auf die vierte Galerie des Hofburgtheaters hinaufzukommen, war alles andere als einfach. Die längste Zeit konnte man nur über zwei Wendeltreppen aus Stein vom Parterre zu den vier Rängen gelangen, und diese Treppen waren so schmal, daß kaum zwei Personen nebeneinander auf und ab gehen konnten. Das Publikum mußte finstere, mit Versatzstücken verstellte Gänge passieren. Das Hofburgtheater faßte immerhin 1125 Zuschauer, um 134 mehr als das Theater an der Wien. Wenn eine Vorstellung ausverkauft war, dauerte es eine volle Stunde, bis alle Besucher das Haus verlassen hatten.

Der Zuschauerraum hatte eine Höhe von zwölf Metern, der vierte Rang befand sich in zehn Meter Höhe. Hochgewachsene Zuschauer mußten, wenn sie aufstanden, den Kopf einziehen. Die Luft direkt unter dem Plafond war manchmal zum Schneiden. Nicht nur die Schauspieler, auch die Zuschauer waren froh, als der Kaiser 1786 die sechswöchige Spielpause von der kühlen Fastenzeit in die Monate Juli und August verlegte. Nach einer „Fiesko"-Aufführung lamentierte der Eipeldauer: „Ich hab einen doppelten Hundstag ausgstanden, wie ich drin war, und ich hätt nicht mehr schwitzen können, wenn ich 's Badnerbad zwölf Mal nacheinander braucht hätt."

Zu dieser Vorstellung bemerkte der Chronist auch, ein paar Fleischhackerstöchter neben ihm hätten die Hände darüber zusammengeschlagen, was für eine Sprache eine Prinzessin „auf einem fremden Zimmer" gegen eine ansehnliche Gräfin geführt habe. In der Tat war gerade das einfache Publikum häufig betroffen, wenn sich die sogenannten feinen Leute auf der Bühne nicht wirklich fein benahmen. Sie suchten sich ihre Vorbilder dann lieber in den Logen. Josef Kainz erzählte, fast ein Jahrhundert später, wie sein Vater, ein theaterbegeisterter Eisenbahnbeamter, mit ihm auf die vierte Galerie gegangen war. Er zeigte auf die Bühne und sagte zu dem Buben: „Dort unten, wo der Lewinsky jetzt steht, da stehst du auch einmal", und nach der Vorstellung deutete er zur Kaiserloge, wo sich gerade die Erzherzöge verabschiedeten: „Schau dir die Habsburger an, Pepi, so mußt du gehn und stehn, wenn du zum Theater kommst. Kein Mensch kann so stehen wie ein habsburgischer Erzherzog."

Dem Publikum auf der Galerie entging nichts. Heiterkeit, aber auch Unwillen erregte es etwa, daß bei den Umbauten so viele Fehler passierten. Manchmal blieb in einem Wald ein Stück Zimmer zurück, ein andermal blieb in einem Zimmer ein hoher Baum stehen und spazierte erst nach ein paar Minuten wieder hinaus. Solche Mängel waren ebensowenig zu übersehen wie die Tatsache, daß mancher Schauspieler seinen Text nicht beherrschte. Vom Hofburgtheaterpächter Braun hieß es, er habe einen Komödianten abgewiesen, weil dieser sich gerühmt hatte, seine Texte fleißig zu studieren: Das würde ihm sein ganzes Ensemble verderben, denn das sei am Burgtheater nicht üblich.

Als 1895 Schnitzlers „Liebelei" uraufgeführt wurde, notierte Hermann Bahr: „Die Schauspieler standen immer im Rudel um den Souffleur." Lothar Müthel fragte einmal Raoul Aslan, ob ihn das laute Soufflieren nicht störe, und der Schauspieler entgegnete ihm: „Glauben Sie, daß es den Kapitän stört, wenn er die Schiffsschraube arbeiten hört?"

Max Reinhardt erinnerte sich, im Burgtheater seiner Jugend meist alle Sätze doppelt gehört zu haben — zuerst vom Souffleur und dann vom Schauspieler. Und der junge Reinhardt sah seine Vorbilder unerreichbar weit von ihm entfernt, denn er sagte von sich: „Ich bin auf der vierten Galerie (des Burgtheaters) geboren. Dort erblickte ich zum ersten Mal das Licht der Bühne, dort wurde ich genährt (für 40 Kreuzer altösterreichischer Währung pro Abend) mit den reichen Kunstmitteln des Kaiserlich-Königlichen Instituts, und dort sangen an meiner Wiege die berühmten Schauspieler jener Zeit ihre klassischen Sprecharien."

Das Publikum auf den billigen Plätzen war von hingebender Empfänglichkeit, es war bereit, über die Menschen auf der Bühne zu lachen wie zu weinen. Der Schauspieler Eduard Devrient zeichnete einmal in einem Brief ein treffendes Bild der Wienerin, die sich am Weinen gütlich tut: „Ein Herr hinter mir, der drei Damen bei sich hatte, hielt sich über das Weinen auf und sagte zu seiner zunächst sitzenden Dame, einem frischen, gesund sinnlichen Gesichte: ‚Aber Nani, wanst denn du a?' Sie schneuzte sich eben und sagte ganz wohlgefällig, halb lächelnd unter Tränen: ‚Ja, ich wein', wie ein anderer sagt ‚Ja, es schmeckt mir.' "

Das waren Leute, die ihre Kreuzer gut anlegen mußten und denen es als unverständig erschienen wäre, das Theater quasi nur im Vorübergehen mitzunehmen. Letzteres wurde in wohlhabenderen Kreisen vereinzelt praktiziert, nachdem unter der Kavaliersdirektion 1807 ein gemeinsames Abonnement für die beiden Stadttheater in der Burg und am Kärntnertor sowie für die Vorstadtbühne an der Wien aufgelegt worden war. Wenn einer fürs Parterre noble 250 Gulden im Jahr hinlegte, konnte er sich theoretisch in jedem der drei Theater einen Akt ansehen und nachher über alle drei Vorstellungen räsonieren — was manche auch taten.

Heinrich Anschütz, Lear und Macbeth seiner Zeit, stellte 1822 diesem Publikum, das beim Tee wohl wußte, ob die Schauspielerinnen nach dem letzten Journal gekleidet waren und ob der Schauspieler N. N. sich in der Uniform gut benommen hatte, aber vom Stück „kein Sterbenswörtchen" wußte, die gleichgebliebene Bereitwilligkeit der Jugend und der Mittelklasse gegenüber, „welche den Olymp und die offenen Plätze bevölkern".

Das schlichte Galeriepublikum brachte die Naivität der Sinnlichkeit mit, die nach Heinrich Laube eine der süddeutschen Voraussetzungen für Grillparzers „Des Meeres und der Liebe Wellen" gewesen ist. Laube, der mit liberalen Ideen und literarischem Ehrgeiz ins Hofburgtheater einzog, schätzte das Publikum der vierten Galerie. Alexander Strakosch, der unter

Laube die Hofschauspieler das Sprechen lehrte, erinnerte sich zum hundertsten Geburtstag des strengen Direktors: „Laube gab mir fast täglich Freibillette für sein Burgtheater. Beinahe allabendlich war ich auf dem vierten Stock zu finden, dessen Publikum gerade in jenen klassischen Zeiten von großer Wichtigkeit und ziemlichem Einfluß war. Laube hat diesen vierten Stock zeitlebens sehr hoch gehalten; er respektierte ihn wie eine olympische Macht und schrieb ihm bisweilen mehr Urteilsfähigkeit und Empfänglichkeit als dem distinguierten Parkett zu."

Rudolf Lothar behauptete in seinem Burgtheaterbuch, gegen die vierte Galerie sei niemals ein Erfolg zustande gekommen, die „wahren Burgtheaterenthusiasten" im vierten Stock hätten den Ton angegeben, Parkett und Logen nur eingestimmt. Und einmal im Zuge, knüpfte Lothar daran die kühne Behauptung: „So hat sich denn in Wien das merkwürdige Schauspiel ereignet, daß im Theater der vornehmen Welt die besitzlosen Klassen des 4. Ranges den Ausschlag in allen Geschmacksfragen gaben."

Das mochte auch im Hinblick auf spätere Zeiten übertrieben sein, für die Anfänge des Hofburgtheaters traf es gewiß nicht zu. Als 1796 zum Besten des Fonds des Wiener Freiwilligen-Korps Stephanies Zeitgemälde „Die Freiwilligen" gegeben wurde, vermerkte der Theaterzettel: „Jedem Zuschauer wird beim Eintritt ein Exemplar des Schlußchors gegeben, damit er einstimmen und die für das Volk bestimmten Verse mitsingen könne."

Wenn das Volk im Hofburgtheater der Frühzeit etwas zu reden und zu singen hatte, dann war ihm der Text vorgeschrieben.

IV

GRILLPARZER UND SEIN PUBLIKUM

Die Literatur, derentwegen Josef II. das Hof- und Nationaltheater begründet hatte, spielte schon zu seinen Lebzeiten nur eine geringe Rolle, nachher waren die Pächter des Theaters erst recht bestrebt, Publikum ins Haus zu bringen. Wichtiger als das Drama erschien das Einvernehmen zwischen Publikum und Schauspielern. Man wollte nicht nur beim Kaiser, sondern auch beim Publikum keinen Anstoß erregen.

Charakteristisch waren die sogenannten „Wiener Schlüsse", das Happy-End gegen den Willen des Autors. 1780 wurde Calderons „Richter von Zalamea", von Stephanie dem Jüngeren ins Deutsche übertragen, unter dem Titel „Der Oberamtmann und die Soldaten" im Hofburgtheater herausgebracht. Bei der zweiten Wiederholung meldete der Theaterzettel: „Da der Verfasser wahrgenommen, daß der fünfte Act dieses Stückes, so wie er die beyden erstenmale aufgeführt worden, größtentheils mißfallen hat; so hat er denselben ganz abgeändert und wird das Stück heute nach der neuen Abänderung aufgeführt werden."

Es kam auch vor, daß die Wiener den blutigen Ernst einer Tragödie einfach zerlachten, und die Bearbeiter kamen ihnen dabei entgegen, indem sie die Greuel milderten oder gar persiflierten. So groß auch der Erfolg Schröders als Hamlet und als König Lear war, der Eipeldauer machte sich zweifellos zum Sprachrohr eines naiven Publikums, wenn er anläßlich einer „Hamlet"-Aufführung schrieb: „Da hab ich einen Geist g'sehn, den hat einer erstechen woll'n ... Aber den König Lür soll er erst g'seh'n hab'n. Der ist noch viel narrischer. Da werden noch mehr umgebracht. Mir ist das Stuck fast so lieb als eine Hetz.

Und wenn einer auch ein wenig g'rührt werden wollt', so macht der Hofnarr sein Spaß drein. Man kann gar nicht traurig werden. Hernach hat eine Gift genommen und eine haben's hinter der spanischen Wand erstochen und auf d'letzt haben's wieder ein erstochen und da haben d' Zuschauer bald g'lacht und bald g'weint und wie die Komödie ausgewesen, haben's den sehen wollen, der so viel Leut' erstochen hat."

In späterer Zeit pflegte Kaiser Franz Josef bei Trauerspielen vorzeitig das Theater zu verlassen. „Wilhelm Tell" durfte, um habsburgische Empfindlichkeit zu schonen, längere Zeit am Hofburgtheater ebensowenig erscheinen wie „Egmont", und als Schillers Drama schließlich doch herauskam, ließ man es mit Jubel enden. Die Zensur von 1822 ließ den König Lear nicht sterben, sondern leben. Heinrich Anschütz, der in diesem Zusammenhang von „Eseleien" gesprochen hatte, wurde dafür zu dreitägigem Hausarrest verurteilt.

In Adalbert Stifters „Nachsommer" erinnert sich der Held einer „Lear"-Aufführung mit Anschütz: „Da wir mehr herangewachsen waren, durften wir das Hoftheater besuchen. Der Vater wählte zu diesen Besuchen jene Stücke aus, von denen er glaubte, daß sie uns angemessen wären und unser Wesen förderten. Das hatte ich nicht geahnt; von einem Schauspiele war längst keine Rede mehr, da war die wirklichste Wirklichkeit vor mir. (Anschütz als Lear!) Ich wußte beinahe nicht mehr, was vor mir und um mich vorging."

Der Mann, von dem die zensurmäßige „Lear"-Bearbeitung stammte, war eine der wegweisenden Erscheinungen des Burgtheaters: Joseph Schreyvogel. Den Titel eines Burgtheaterdirektors hat er nie getragen, zuerst mit dem Titel eines Sekretärs, dann als Dramaturg gewann er dem Hoftheater hervorragende Schauspieler, neben Anschütz vor allem Sophie Schröder und Karl Fichtner, er sorgte, indem er selbst Proben leitete, für eine verbesserte Qualität der Aufführungen, er setzte zahlreiche klassische Werke auf den Spielplan und ermutigte den Klassiker des Burgtheaters: Franz Grillparzer.

1 *Das älteste Burgtheater auf dem Michaelerplatz, ein aufgelassenes Ballspielhaus, wirkte von außen wie eine an die Hofburg angebaute Scheune. Alte Ansicht vor 1800.*

2 Friedrich Ludwig Schröder; 3 Johanna Sacco;
4 Sophie Schröder; 5 Franz Brockmann.

6 *Kaiser Franz I., dessen Geburt Maria Theresia im Hofburgtheater verkündet hatte, mit Kaiserin Karolina Augusta in seiner Hofloge.*

Einige bedeutende Direktoren des Burgtheaters:

7 *Joseph Schreyvogel (1814—1832).*
8 *Heinrich Laube (1849—1867).*
9 *Albert Heine (1918—1921).*
10 *Anton Wildgans (1921/22 und 1930/31).*

Schreyvogel war seiner merkantilen Fähigkeiten wegen berufen worden, nachdem er selbst als Kunstverleger gescheitert war. Nach dem Freiherrn von Braun hatte ein Kavalierskonsortium die Hofbühne gepachtet, von diesem blieb 1811 der kunstbegeisterte Graf Palffy übrig. Als dieser nach drei Jahren nicht mehr ein noch aus wußte, engagierte er Schreyvogel, damit dieser Ordnung in die Finanzen der Hoftheater bringe. Das dürfte nicht ganz geglückt sein, denn 1817 sah sich Kaiser Franz veranlaßt, das Hofburgtheater wieder dem Ärar zu unterstellen.

Palffy hatte es vorher schon durchgesetzt, daß im Burgtheater keine Opern- und Ballettaufführungen mehr stattzufinden hatten. Vom November 1812 an gehörte die Bühne ganz dem deutschen Schauspiel. Was Josef II. erkannt hatte, galt jedoch noch immer: „Was uns drückt und noch immer drücken wird, ist der Mangel an guten Dichtern, besonders solchen, die wir unsere eigenen nennen würden."

An Bemühungen hatte man es nicht fehlen lassen. Noch Josef selbst hatte die Autorenhonorare erhöht, er hatte den Stückeschreibern den Erlös der dritten Vorstellung zugesagt und Dramenwettbewerbe ausgeschrieben. Man hatte mehrere Theaterdichter mit fixem Gehalt an das Haus gebunden: Johann Friedrich Jünger lieferte Dutzendlustspiele, August Kotzebue erwies sich während seines Wiener Aufenthaltes als erheblich weniger fruchtbar als vorher und nachher, Theodor Körner schließlich zog, ehe sein Talent gereift war, in den Krieg und fiel. Ifflands Familienrührstücke und Kotzebues Lustspiele polsterten das Repertoire, das viele schludrige Übersetzungen und wenige seriöse Dramen aufwies. Das patriotische Pathos, wie es Heinrich von Collin in seinen Stücken laut werden ließ, brachte das Burgtheater nicht weiter, und daß man in diesem Collin den heimischen Matador der dramatischen Kunst sah, erbitterte den jungen Grillparzer.

Grillparzer war, obgleich in ärmlichen Verhältnissen lebend, in jungen Jahren sehr viel im Hofburgtheater; sein Onkel Josef

Sonnleithner war als Hoftheatersekretär der Vorgänger Schreyvogels. Während das Burgtheatererlebnis den jungen Raimund bewog, selbst Schauspieler zu werden, trieb es den jungen Grillparzer zum Schreiben. Und er hatte dabei stets, wie auch später, eine ganz bestimmte Burgtheaterbesetzung vor Augen. Der Siebzehnjährige, der gerade erst sein Erstlingsdrama angefangen hatte, notierte bestürzt in seinem Tagebuch: „Madame Roose ist tot, und mit ihr meine schönsten Hoffnungen! — Blanka von Kastilien kann nie aufgeführt werden."

Das Burgtheatererlebnis hat Grillparzer wie Raimund geprägt, und zwar die Schauspieler ebenso wie die Zuschauer, zu denen sie gehörten. Es war nicht das Logenpublikum, dem sie sich zugehörig fühlten; dieses repräsentierte für den jungen Grillparzer das „Land der Erbärmlichkeit, des Despotismus und seines Begleiters, der dumpfen Stumpfheit", das er fliehen wollte, und er schrieb auch nicht für die deutschen Professoren, die den „Hamlet" mühsam erklären — dabei „versteht ihn der Schneider auf der vierten Galerie ganz ohne Kommentar".

„Man hat, wenn man sich der Autorität des Publikums unterwirft, wie bei der Jury, nicht die Gesetzkunde, sondern den gesunden Menschenverstand, die richtige Empfindung, vor allem aber die Unbefangenheit beider im Auge", schrieb Grillparzer, der ein lebenslanges Mißtrauen gegen die Aristokratie hegte. Daß das adelige Logenpublikum bei der Uraufführung seines Lustspiels „Weh dem, der lügt" beleidigt die Türen zuschlug, war ihm nur eine Bestätigung — und ein Anlaß, diesem Publikum kein neues Werk mehr auszuliefern.

Grillparzers Erfahrungen mit den Zuschauern in den Hof- und Adelslogen berechtigten ihn zu seinem Mißtrauen. Von Kaiser Franz selbst hatte er „die mildeste Form der Tyrannei" erfahren, als dieser ihm nach der Premiere des „Treuen Dieners seines Herren" durch den Polizeiminister das Stück abkaufen lassen wollte, um weitere Aufführungen zu unterbinden. „König Ottokars Glück und Ende" war zwei Jahre bei der Zensur gelegen, auf Wunsch der Kaiserin aufgeführt und auf Drängen des böhmischen Adels wieder abgesetzt worden. Über das dramatische Märchen „Der Traum ein Leben" urteilte derselbe Graf Czernin, der als oberster Chef der Hoftheater Schreyvogel entließ, weil dieser mehr vom Theater verstand als er: „Dieses Stück bringt uns Geld in die Kasse, aber es ist der Kunst nachteilig."

Als Schreyvogel sich des jungen Grillparzer annahm, verwies er ihn zunächst in die Vorstadt. Das erste Drama, „Die Ahnfrau", wurde jenseits des Glacis, an der Wien, uraufgeführt. Auch als Grillparzers folgende Werke am Hofburgtheater erschienen, schlug unter griechischem Kostüm das Wienerische durch. Seine „Sappho" nannte er selbst eine „Fiakeridee", etliche Travestien an den Vorstadtbühnen bewiesen die Popularität dieses Wurfes, und daß die Hero in „Des Meeres und der Liebe Wellen" weniger in der Ägäis als an der Donau daheim war, merkten die einfachen Leute im Theater eher als die Vornehmen und die Professoren.

Als Jahrzehnte später die berühmte Tragödin Charlotte Wolter die Sappho spielte, antwortete sie auf die Frage, welche Auffassung sie von der Rolle hätte: „Gar keine. Ich spiele eine schon etwas ältere Frau, die das Pech hat, in einen ganz jungen Mann verliebt zu sein." Das deckte sich mit Grillparzers Ansichten. Vor der Uraufführung war die Darstellerin der Melitta, Madame Korn, die ansonsten vor allem in Lustspielen die Liebhaberin gab, verkrampft und affektiert gewesen, man hatte ihr eingebleut, in einem Trauerspiel müsse alles „gehoben" sein. „Spielen Sie, wie Sie sonst immer spielen", riet ihr der Dichter zur Natürlichkeit, und so spielte sie die Melitta als verliebtes Wiener Mädel, und das Publikum jubelte ihr zu. Noch nach dreißig Jahren nannte sie Grillparzer „die Krone des Abends".

Fremde Besucher, denen die lokale Färbung von Grillparzers Griechendramen entging, wunderten sich über die Anteilnahme des Burgtheaterpublikums. Der schwedische Dichter Atterbom bemerkte 1818 anläßlich einer „Sappho"-Vorstellung: „Merkwürdig ist, daß die Einwohner Wiens, die im allgemeinen nichts weniger als ätherisch gesinnt sind, sich in dem Grade für diese Tragödie enthusiasmieren."

Nicht erst Laube, dem es gutgeschrieben wurde, hat das Burgtheaterpublikum zur Tragödie erzogen. Das besorgte Grillparzer früher und sanfter. Und gegen den Willen des obersten Hoftheaterdirektors Czernin zu Chudenitz, der gestand: „Drama und Trauerspiel langweilen mich zum Sterben. Wenn nicht das Lustspiel wäre, möchte der Henker den ganzen Theaterkram holen."

Grillparzer definierte: „Auch das Trauerspiel ist Spiel", und die Wiener erkannten sich in diesem Spiel wieder. Er rede die Sprache seines Vaterlandes, äußerte er einmal, und er werde sich nicht um die Sprache der Leipziger Magister und des Dresdner Liederkreises kümmern. Was ihm seine Kritiker vorwarfen, etwa: seine Sappho sei mehr Weib als Dichterin gewesen, sprach beim Publikum zu seinen Gunsten. Ihm ging es um die Menschennatur, und das Publikum, „der Repräsentant dieser Menschennatur", hatte zu entscheiden, ob er sie getroffen hatte.

„Ich selbst befand mich, meinem Vorsatze getreu, nicht unter den Zusehern, sondern auf der Bühne", schildert er die Uraufführung der „Sappho" am Hofburgtheater. „Meine Mutter aber, die einen Sperrsitz in der dritten Galerie innehatte, wurde von einigen erkannt und sonach vom Publikum umringt, die ihr zu ihrem Sohne und seinem Erfolge Glück wünschten, so daß die gute Frau vor Freude weinend nach Hause kam."

In Berlin riß es bei der „Sappho" einen berühmten Altphilologen vom Sitz. „Das ist dummes Zeug!" konnte er sich nicht enthalten zu rufen. Grillparzers Wiener Landsleute wußten zwar weniger von der sapphischen Strophe, dafür verstanden sie mehr von den Frauen. Anläßlich eines anderen griechischen Stoffes, der Medea, schrieb Grillparzer, als wollte er dem Berliner Professor antworten, über die Naturbelassenheit seines heimischen Publikums: „Von dieser Natürlichkeit, die im nördlichen Deutschland durch falsche Bildung und Nachbeterei sehr in den Hintergrund getreten ist, hat sich in Österreich ein großer Rest erhalten, verbunden mit einer Empfänglichkeit, die bei gehöriger Leitung durch den Dichter bis zum Verständnis in unglaublichem Grade gehoben werden kann."

Als Hausdichter — er bezog von 1818 bis 1823 jährlich tausend Gulden und mußte dafür seine neuen Stücke zuerst dem Hofburgtheater einreichen — hatte Grillparzer freien Zutritt. Zusammen mit anderen Schriftstellern frequentierte er das Stehparterre des Burgtheaters — nicht immer zur Freude der anderen Besucher. Der Burgschauspieler Costenoble warf dem kritischen Baron Zedlitz vor, daß er „à la Grillparzer plaudert und ohne Teilnahme an der Darstellung sich im Parterre umhertreibt".

Er störte nicht lange, denn er entfremdete sich, vielleicht wegen seiner zunehmenden Schwachsichtigkeit, dem Theater. Als 1834 „Der Traum ein Leben" angesetzt wurde, schlug er vor, den Intriganten Zanga mit Anschütz zu besetzen, der längst zum Heldenvater aufgerückt war. Als ihn der Dramaturg Deinhardtstein aufmerksam machte, die Rolle gebühre La Roche, erwiderte Grillparzer: „Ich kenne den La Roche nicht. Seit Jahren gehe ich in kein Theater. Ich wähle nur Schauspieler, die ich kenne." Nach dem Durchfall von „Weh dem, der lügt", 1838, verzichtete er vollends auf den Besuch des Hofburgtheaters.

Laube sandte ihm jedesmal, wenn es eine neue Besetzung gab, zwei Sperrsitze, aber Grillparzer ging nicht selbst, sondern schickte die Schwestern Fröhlich. „Die wissen schon, wie ich es haben will, da ist's so gut, als ob ich es selbst gesehen hätte!" erzählte er 1866. Er selbst betrat das Hofburgtheater in seinen letzten vierunddreißig Lebensjahren vermutlich nur noch ein einziges Mal, um „Des Meeres und der Liebe Wellen" in Laubes Inszenierung zu sehen. Nach dem zweiten Akt lief er davon. Der türenschlagende Adel hatte ihn auf immer aus dem Theater seiner Jugendträume vertrieben.

V

THEATER FÜR KOMTESSEN

Die Literaturgeschichte datiert die Wende, an der es mit dem ruhigen Biedermeier zu Ende ging, gern mit Goethes Todesjahr 1832. Es ist, seltsam genug, auch das Todesjahr Joseph Schreyvogels, des Mannes, der den Klassikern das Tor des Hofburgtheaters geöffnet hat.

Schreyvogel starb wenige Monate, nachdem er auf schändliche Weise seines Postens, seiner Aufgabe enthoben worden war. Daß er entlassen wurde, war nicht das auslösende Moment für einen Wandel an der Hofbühne, sondern bereits das Resultat dieses Wandels. Als Reaktion auf die Pariser Julirevolution von 1830 wurden auch in Österreich die Zügel straffer gezogen, der Hofadel beanspruchte vermehrten Einfluß, auch auf die Hoftheater, und die Zensur, die dem Staatsbürger die freie Meinungsäußerung beschnitt, hemmte die Entwicklung eines Instituts, das eben erst mit Franz Grillparzer einen Dichter von Rang hervorgebracht hatte.

„Die ersten, die sich nicht mehr auf der Bühne noch im Schauspielhause einfanden, waren die dramatischen Dichter. Das Haus war ihnen verleidet", notierte Eduard Bauernfeld über die Situation nach Schreyvogels Tod. Bauernfeld, der sich selbst rühmte, in jeder Gesellschaft der Vorschimpfer zu sein, trug seinen guten Teil dazu bei, das Repertoire des Hofburgtheaters ins Unverbindliche abzulenken. Im Effekt war es unerheblich, ob er es aus freien Stücken tat oder nicht. Das Wort „Freiheit" durfte, so oder so, im Vormärz auf der Bühne des Kaisers nicht ausgesprochen werden.

Schon Ludwig Tieck hatte 1825 bemerkt, für das Lustspiel sei das Burgtheater derzeit ohne Zweifel die beste Bühne in

Deutschland. Bauernfeld, der „Sprecher für die Innere Stadt", war ebenso wie die Wiener Gesellschaft, oder was sich dafür hielt, durch die Schule der französischen Lustspiele gegangen, die Franz August von Kurländer dutzendweise fürs Burgtheater übersetzte. Friedrich Uhl erinnerte sich später seiner ersten Jugendeindrücke in der Burg: Heinrich Marr spielte in modernem Kostüm einen reichen, vielleicht sogar geadelten Kaufmann in einem Lustspiel. Der junge Uhl blickte seinen Vater an, sein Vater ihn. „Das war das Burgtheater? Das war ja gar kein Theater! Die Leute gaben sich und sprachen wie alle Welt im gewöhnlichen Leben . . ."

Daß diese Kunst der natürlichen Konversation am Burgtheater erhalten geblieben ist, erlebte vor einigen Jahren Inge Konradi, als sie bei den Proben zum „Weiten Land" Attila Hörbiger mit Paula Wessely reden hörte. Die jüngere Schauspielerin wollte die beiden eben bitten, ihr Privatgespräch abzubrechen und mit dem Dialog zu beginnen, als sie merkte, daß das Ehepaar Hörbiger-Wessely längst Schnitzlers Text sprach.

Bauernfeld, dem Ludwig Speidel nachsagte, Wien habe sich in ihm einen Schnabel wachsen lassen, brachte den wienerischen Plauderton auf der Hofburgtheaterbühne zur Perfektion. Der Autor, dessen Talent sich unter der freundschaftlichen Anleitung Grillparzers entfaltet hatte, lieferte dem kaiserlichen Schauspielhaus jahrzehntelang Salonstücke — auch in der Zeit, als die wirklichen Salons infolge des Gesinnungszwanges und der Angst vor Bespitzelung verwaisten. Der Salon auf der Bühne wurde zum Salonersatz.

Das Publikum, dessen Bedürfnisse das Hofburgtheater im Vormärz zu befriedigen trachtete, hat der Berliner Romancier Willibald Alexis, selbst ein argloser Beobachter, 1833 porträtiert. Alexis registrierte ein zufriedenes, in der Wonne des Entzückens schwelgendes Publikum. „Du glaubtest, aus einem berliner Parterre plötzlich in das wiener getreten, in ein Land der Unschuld Dich versetzt." Da die Zuschauer die Schauspieler nachher nicht mehr hervorrufen durften, applaudierten sie ihnen bereits, wenn sie auftraten. „Da sie nicht trommeln und pfeifen dürfen, auch wenn sie möchten, strömt der ganze physisch-psychische Drang in Applaus aus."

Der Gast aus Berlin konnte nicht übersehen, auf wen es in diesem Hause ankam: „Bis in den zweiten Rang gehört jedes schöne Gesicht der hohen eingeborenen Aristokratie oder der Diplomatie an, erst im dritten gelingt es den reichen Bankiers, eigne Logen zu gewinnen. Sie sind hier unter sich, das Theater ist ihr Salon, die Gene fällt weg."

Bauernfeld, als Autor des Hauses intensiver an der Zusammensetzung des Publikums interessiert, als Wiener auch wissender, wußte von diesem Publikum nur zu sagen, daß es eigentlich keines war. Er wußte, daß der Hof, gemessen an der Subvention, unverhältnismäßig hohe Anforderungen stellte: Kontrolle durch Zensur, Rücksichten jeglicher Art und im Monat annähernd 1200 Freikarten — von denen ein Teil an jene Hofkammerdienerinnen ging, die sich im ersten Parterre unter die Offiziere und Kadetten aller Waffengattungen drängten. Bauernfeld wußte auch, daß man, um zu einer Loge zu gelangen, nicht nur eine lange Ahnenreihe, sondern auch eine „gute Gesinnung" aufweisen mußte. „Gewöhnliche Sterbliche, auch wenn sie schweres Geld bieten konnten, haben niemals erfahren, wie das Innere einer Loge in dem traurigen und finsteren Musentempel aussieht. Die Sperrsitze im Parterre waren von Hofräten und Diplomaten in Beschlag genommen, die meist gratis drauf saßen, und von den Habitues."

Nach Bauernfeld saß und stand das eigentliche Publikum im zweiten Parterre und auf den beiden Galerien. Bestimmend aber war das Nicht-Publikum in den unteren Logen. Der jungdeutsche Dichter Karl Gutzkow gab dem Logenadel die Schuld an der „kindisch bornierten Zensur". Diese hänge vom verdorbenen Geschmack dieses Publikums, von den aristokratischen Prätentionen der Logenbesitzer ab. „Es hat sich für diese Bühne durch die Zusammenwirkung der Zensur und die Adelsansprüche der Abonnenten eine Atmosphäre des Urteils, ein Dunstkreis des Geschmacks gebildet, in dem die gesunde Vernunft manchmal zu ersticken droht."

Schreyvogel hatte die Auflagen der Zensur vor allem bei klassischen Werken zumeist geschickt zu umgehen gewußt, nach seinem Abgang, unter den Direktoren Deinhardtstein und Holbein, fehlte der Widerstand. Die Willfährigkeit den behördlichen Zumutungen gegenüber zeitigte kuriose Früchte. Da gab es einen „Faust", bei dem die Gretchentragödie kaum noch zu erraten war; da die Anrede „Fräulein" nur unverheirateten, adeligen Damen zustand, mußte Faust das Mädchen aus dem Volk mit den Worten „Meine schöne Jungfer, darf ich's wagen" ansprechen, worauf die Darstellerin zu erwidern hatte: „Bin weder Jungfer, weder schön . . ."

Tatsächlich geschah mancher Unsinn, der sich auf der Bühne des Hofburgtheaters abspielte, diesen adeligen Fräulein zuliebe. Ihr Schamgefühl zu schonen, mußten die natürlichsten Dinge unterdrückt oder umschrieben werden. Ob Friedrich Hebbels „Judith" die psychologische Subtilität einbüßte, wenn die Heldin das Lager des Holofernes nicht teilen durfte, kümmerte die Zensur nicht. Hauptsache, die jungen Komtessen blieben unverdorben — während man sie andererseits für so verdorben hielt, daß man ihnen, falls zwei Personen verschiedenen Geschlechts miteinander von der Bühne abgingen, unweigerlich den Gedanken an eine unschickliche Fortsetzung des Beisammenseins unterschob; weshalb solch gemeinsames Abtreten untersagt war. Man hat dem Hofburgtheater des Vormärz mit Recht den Titel eines „Komtessentheaters" angehängt; er paßte in manchem auch noch zu Laubes Zeiten und darüber hinaus. Die zimperliche Beobachtung der Sittsamkeit war ihm von Beginn an auferlegt worden. Schon von seinem ersten Theaterdichter, Johann Friedrich Jünger, hatte man Wohlerzogenheit gefordert; Mesalliancen auf die Bühne zu bringen war ihm verboten gewesen. Dem Adel gefällig zu sein, hatte Jünger harmlose Lustspiele produziert. Diesem Adel hatte er auch das Recht zugesprochen, von den Komödianten zu verlangen:

„Wenn Ihr wollt, daß wir Eure Bühne besuchen, so müßt Ihr unseren Söhnen und Töchtern keine Begriffe beibringen, die unseren Verhältnissen und in unserer Verfassung schädliche Begriffe sind; Ihr müßt Ihnen keine falsche Moral predigen." Was in der Praxis hieß, daß falsche Moral gepredigt werden mußte.

Laube hat unter dieser Scheinmoral, dieser Verlogenheit gelitten. Nach seinem Abschied, Jahrzehnte später, stellte er fest, daß „die Hoftheaterintendanzen von einer alten Tradition nicht lassen können, welche den Todeskeim der Hoftheater in sich birgt. Diese Tradition lautet: Das Hoftheater ist nur für den Hof da, das Publikum, oder die Nation, oder wie man sonst die zuschauende Masse nennen mag, ist ein gleichgültiges Ding." Als Laube 1854, also sechs Jahre nach der Revolution, das Stück „Birnbaum und Sohn" von Emile Augier aufführte, in dem ein heruntergekommener Adeliger sich durch die Heirat mit einer reichen Kaufmannstochter saniert, nahmen zahlreiche Zuschauer Partei für den Adel, obgleich das Stück keine Anspielung auf lokale Verhältnisse enthielt.

Umgekehrt delektierte sich der erbeingesessene Adel, wenn jene, die sich in seinen Kreis drängen wollten, lächerlich gemacht wurden. So spielte Karl Costenoble 1831 in Bauernfelds „Liebesprotokoll" den adelssüchtigen Bankier Müller eigenmächtig als neureichen Juden „mit süßlich-jüdischem Akzente", und er hielt fest: „Weil nun in Wien eine Menge geadelter, baronisierter Juden leben, die dem alten Adel ein Greuel sind, so gefiel meine Darstellung ganz ausnehmend."

Der Adel hatte sich, schon dem Kaiser zu Gefallen, zuerst im Hofburgtheater eingenistet. Das Abonnementverzeichnis von 1796 zeigte bereits, daß sämtliche Sitze im Parterre und in den Logen vom Adel beschlagnahmt waren. 1804 nahm die k. k. Hoftheaterdirektion, die damals allerdings noch vier Gattungen von Spektakeln unterhalten mußte, die gestiegenen Lebenshaltungskosten zum Anlaß für eine Preiserhöhung. Damals kostete eine Loge zu ebener Erde, im 1. und im 2. Stock noch fünf Gulden (zum Vergleich: die 4. Galerie kostete 24 Kreuzer). Schon vier Jahre später räsonierte der Eipeldauer anläßlich einer neuerlichen Preiserhöhung: „Da schwörn einige gnädige Fraun, daß s' nimmer ins Theater gehn wolln, und andre wolln gar ihre Loschen aufkünden — aber, Herr Vetter, in acht Tägn ist der Lärm schon wieder vorüber. Da bhalt jeds wieder seine Losche, und alle laufen wieder ins Theater."

Im Biedermeier und nachher dachte niemand mehr daran, eine einmal erworbene Loge, und wenn es nur das Viertel einer Loge war, wieder aufzugeben. „Es gehört zum guten Ton des Wiener Adels, eine Loge im Burgtheater zu haben", konstatierte der deutsche Schriftsteller Adolf Glaßbrenner 1836 in Wien, „und der gute Ton ist die einzige Religion, gegen deren Gesetze die sogenannten hohen Leute nicht sündigen."

Laube wußte von reichen Bankiers zu berichten, die ihr Lebtag erfolglos um eine Loge einkamen. Vor dem Richterstuhl seines Chefs wurden sie gewogen und trotz ihrer Millionen als zu leicht befunden. Man unterschied an höchster Stelle genau, welcher Adelsname unter den Logenanwärtern älter und bedeutender war als der andere. Leute, die über ungeheure Summen geboten, mußten buchstäblich auf das Aussterben eines Geschlechts warten, um endlich, wie Adolf Glaßbrenner anmerkte, einen Kasten zu erlangen, in dem sie sich bequem — langweilen konnten.

Das Abonnementsystem war damals anders als heute. Die Logen wurden zumeist fürs ganze Jahr gemietet; der Besitzer konnte dann fast jeden Abend bei allen normalen Vorstellungen mit seinen Angehörigen und Freunden über die Loge verfügen. Es gab aber auch geteilte Logenabonnements, man konnte auch die Hälfte oder ein Viertel der Plätze mieten; es gab aber auch halbierte Abonnements, bei denen man die ganze Loge entweder an den geraden oder an den ungeraden Tagen für sich hatte. Wenn also der spätere Direktor Berger errechnete, daß eine Inszenierung im Idealfall nur zweimal im Jahr gespielt werden sollte, dann hatte das seine Begründung darin, daß sie so die Besitzer eines halben Logenabonnements nur einmal zu Gesicht bekamen.

Den Komfort, den die heißumworbenen Logen des alten Hofburgtheaters boten, schildert der deutsche Wien-Besucher A. von Sternberg 1851: „Man stolpert durch enge, übelriechende, schmutzige Gänge, über gewundene enge Treppen und gelangt endlich in einen kleinen, mit verschwärztem rothen Papier ausgeschlagenen Kasten, der eine erste Rangloge genannt wird. Hier findet man — wenn man sie überhaupt im Dunklen finden kann, obgleich das Lüstre schon lange seine volle Glorie entfaltet — drei Stühle und ebensoviel an die Wand geheftete Bänke. Die drei hartgepolsterten Stühle füllen schon an sich, ohne daß Jemand darauf sitzt, die Loge vollständig; man kann sich also denken, wie man sitzt ... Alles starrt vor Schmutz und ist seit urdenklicher Zeit nicht renoviert." Letzteres stimmte nicht ganz. Die Großrestaurierung lag damals knapp sechs Jahre zurück.

Sternberg beschrieb offenbar eine Fremdenloge, die Familienlogen des Adels dürften besser eingerichtet gewesen sein, sie wurden gleichsam als ein externer Teil der Wohnung betrachtet. Der Theaterbesuch war für die Besitzer dieser Logen ein gesellschaftliches Ereignis, eine Selbstverständlichkeit, es verband sich mit ihm zumeist keinerlei Bildungsambition. Man sah und wollte gesehen werden, und wenn man sich dabei halbwegs amüsieren konnte, war man es zufrieden. Als Graf Czernin in der obersten Leitung der Hoftheater vom Oberstküchenmeister Landgraf Fürstenberg abgelöst wurde, verkündete dieser: „Das hiesige Publikum langweilt sich in dem erhabenen Schwulste: es will nur sanft gerührt oder zum Lachen gereizt werden."

Franz Grillparzer meinte wohl dasselbe Publikum, als er 1846 in einem Gespräch äußerte: „Die Österreicher sind jetzt von allen Deutschen vielleicht die Gescheitesten; aber es herrscht hier eine — nicht Dummheit, aber eine solche Gedankenfaulheit und daher Gedankenlosigkeit, eine solche Vorliebe für

Spaßmacherei, daß selbst die Besseren heute gern über das lachen, wofür sie gestern begeistert waren."

Bauernfeld, dem Ironie nicht fremd war, machte sich in den Jahren, die der Revolution vorausgingen (und in denen ein kluger Kopf das Kommende ahnte), den Spaß, in seinen Stükken stadtbekannte Figuren auftreten zu lassen: den Kritiker Saphir, den allmächtigen Metternich und auch den Erzherzog Ludwig, der mit Metternich und Graf Kolowrat die Regentschaft für den schwachsinnigen Kaiser Ferdinand führte. Erzherzog Ludwig wohnte sogar der Premiere von „Großjährig" im Hofburgtheater bei — die Zensur war machtlos, denn die Generalprobe hatte auf Graf Kolowrats Privatbühne stattgefunden.

Die Satire im Plauderton war in einer Zeit, in der Friedrich Halms tönende Epigonendramen den Platz von Grillparzers Werken einnahmen, im Burgtheater gerade noch möglich, und eigentlich war sie schon mehr, als das aristokratische Publikum verlangte. Und doch nannte Marie von Ebner-Eschenbach das Hofburgtheater dieser Jahre ein Bildungsmittel ohnegleichen, die Grundlage ihrer ästhetischen Erziehung.

Ihr verdanken wir auch einigen Einblick, wie sich das alte Hofburgtheater aus dem Blickwinkel einer gräflichen Loge ausgenommen hat: Was die Ausstattung der Bühne betraf, jedenfalls recht ärmlich, obgleich es auch da feine Klassenunterschiede gab — in den vornehmen Häusern saßen die darstellenden Damen auf einem mit Rohrgeflecht überspannten Kanapee, im bürgerlichen Haushalt gab es nur Holzsessel. Daß die Zimmerdekoration, in jungen Tagen rosenfarben, mittlerweile ergraut, stets dieselbe war, tat der Illusion keinen Abbruch. Wenn die Diener ein paar Sessel vor das Souffleurhüttchen stellten, dann ahnten die Komtessen, daß ein wichtiges Gespräch kommen mußte, und spitzten die Ohren: „Es kam; die Zuhörer genossen es und verstanden jede feine Wendung und freuten sich jeder Pointe, und *unsere* Herzensangelegenheit war's, die man dort verhandelte . . ."

Dies nämlich war die Kehrseite der leidigen Logeninzucht, des seßhaften Systems: daß unter den aristokratischen Abonnenten eine Jugend heranwuchs, die mit dem Burgtheater reifte, der es Heimat bedeutete und die schuldlos daran war, daß man sie vor der Wirklichkeit auf der Bühne, wie vielleicht auch im Leben, bewahren wollte. Der Zwang zum Theaterbesuch — denn wer eine Loge abonniert hatte, schickte zumindest seine Kinder, und sei's nur, damit sie daheim berichteten, welchen ausländischen Gast der Monarch bei sich gehabt hatte — führte allen Zwängen der Zensur zum Trotz zu einer Verfeinerung der Geschmackskultur, auch wenn sich diese nur im gesellschaftlichen Umgang, im „bon ton" und in der Mode auswirken mochte.

Die Jugendjahre der Ebner-Eschenbach fielen noch in die Zeit des Vormärz. Damals war, wie Laube es ausdrückte, die Monarchie Austria noch voll beisammen. Ungarn gehörte zu ihr, und in Italien thronte noch über Venetien und der Lombardei der kaiserliche Doppeladler, es gab noch keine slawische Absonderung, neben den Österreichern, den Ungarn und Italienern hatten auch die großen Herren aus Böhmen ihre Logen im Hofburgtheater.

Erst später, nach dem Ausgleich zwischen Österreich und Ungarn, nach dem verlorenen Italienfeldzug, blieben viele der aristokratischen Großgrundbesitzer auf ihren Ländereien. Der Nationalismus riß Lücken in die Hierarchie der Logenbesitzer, es kam zu einer Umverteilung der Logen. Im neuen Haus erreichte diese Entwicklung ihren Höhepunkt — das Hofburgtheater am Ring, das nun der Hofburg nicht mehr unmittelbar eingegliedert war, büßte seine Anziehungskraft auf die auswärtige Aristokratie ein.

Was allen Neuerungen zum Trotz blieb, war ein nachdrücklicher Hauch von Komtessentheater. Die einflußreichen Fürstinnen, die mit Adolph Sonnenthal korrespondierten, sorgten dafür, daß die Wirklichkeit, wie sie der Naturalismus anbot, nur gefiltert auf die Bühne des Hofschauspielhauses gelangte.

Literatur und Darstellungsstil, ja sogar die Publikumsstruktur mochten sich ändern, die prüde Sittenwächterei am Burgtheater berief sich immer noch auf die adeligen Fräulein in den Logen, und als ringsum bereits die Moderne angebrochen war, nahm sie sogar noch zu. In seiner Schrift „Das Burgtheater eines Zwanzigjährigen" stellte Oskar Jellinek 1907 lapidar fest: „Nun aber höfelt es immer mehr."

VI

DIE VERLORENE REVOLUTION

„Ich schäme mich bisweilen, daß ich noch heute an Lustspiele denke. Aber mit ‚Großjährig' will ich sie wenigstens ärgern!" schrieb Bauernfeld, der erfolgreichste Salonstückautor des vormärzlichen Burgtheaters, im Jahr 1846. Wie viele Österreicher spürte er, daß etwas in der Luft lag, aber er war vorsichtig. „Einen deutschen Aristophanes vertrüge weder Regierung noch Publikum", entschuldigte er sich.

Aristophanes zeigte sich, am Hofburgtheater zumindest, keiner, aber der Bedarf nach einem solchen stieg. Ein Teil des Publikums, der nicht durch das Logenabonnement an die Burg gebunden war, fand ihn in der Vorstadt, er hieß Johann Nestroy. Dieser zielte mit seinen demokratischen Possen „Der Schützling" und „Der Unbedeutende" witzig auf die überständigen Autoritäten, die am allgemeinen Unbehagen schuld waren, und die Wiener jubelten ihm zu. Die Hofburgtheaterdirektoren Deinhardtstein und Holbein verzeichneten zur selben Zeit ein rapides Sinken der Besucherzahlen.

Grillparzer, selbst vom Regime nicht verwöhnt, mokierte sich später, daß ein Vorstadtdramatiker, nämlich Friedrich Kaiser, sich in den Revolutionstagen als Herold der Freiheit aufspielte. Daß er Kaiser als Autor geringschätzte, mochte angehen, aber daß der Sprecher der Aufbegehrenden nicht aus dem Kreis der Burgtheaterdichter kam, war gewiß kein Zufall. Auch Glück und Elend der 48er-Revolution wurden nicht im Hoftheater, sondern in der Vorstadt auf die Bühne gebracht — in Nestroys „Freiheit in Krähwinkel".

Der jungdeutsche Schriftsteller Karl Gutzkow, der in den Jahren vor der Revolution mehrmals nach Wien kam — man

Zwei Dichter, die das Burgtheater geprägt hat und umgekehrt:
11 Franz Grillparzer; 12 Arthur Schnitzler.

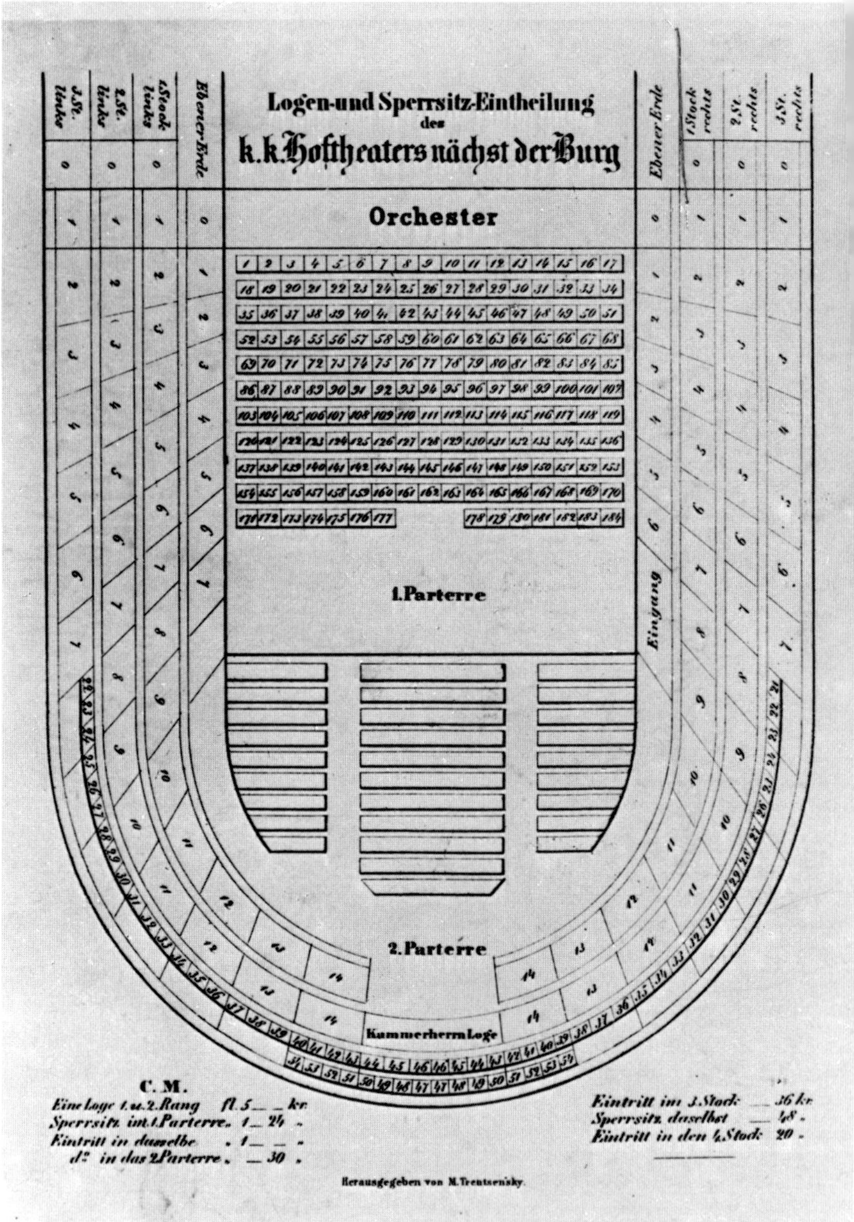

13 *Sitzeinteilung des Burgtheaters, um 1840.*

14 Die große Garderobe des alten Burgtheaters, um 1885.

15 Einlaß ins Burgtheater.

16 Charlotte Wolter als Klara und Josef Lewinsky als Leonhard in Friedrich Hebbels „Maria Magdalena“ im alten Burgtheater.

sagte ihm Ambition auf den Posten des Hofburgtheaterdirektors nach —, zeigte sich erschüttert über die Lebensferne, zu der das Institut durch die Zensur gezwungen wurde. Zweifellos dachte er an Grillparzers unterdrückten „Ottokar", als er dem Hause Habsburg vorhielt, es traue sich nicht einmal die Kraft zu, sich gelobt und verherrlicht zu sehen. Er bedauerte einen Zustand, bei dem die Dichter sich nicht mit Königen und Ministern, mit der Geschichte und ihren Tendenzen, sondern mit Donna Claras Liebe zu Don Alonso beschäftigen durften.

Das Publikum, dem er dazu gute Unterhaltung wünschte, war jedoch, zumindest was seine intelligenten Vertreter betraf, nicht so genügsam. In der Leopoldstadt fand es, allen Hemmnissen zum Trotz, die politischen Verhältnisse in einsichtigen Possen widergespiegelt. Es konnte sich nicht aufs Hofburgtheater beziehen, wenn Eduard Devrient 1847 bei häufigen Theaterbesuchen in Wien bemerkte, „daß jetzt die Neigung für Reflexion beim Publikum wächst, daß man lebhaften Anteil für scharfsinnige und polemische Wendungen der dramatischen Rede zeigt". Die Wiener waren nach Meinung dieses Beobachters froh, der wachsenden Aufregung über die Zeitumstände im Theater Luft machen zu können. Im kaiserlichen Schauspielhaus fanden sie dazu keine Gelegenheit.

Erstaunlicherweise aber bewarben sich gerade jene, die sich als die Wortführer des im Hofburgtheater verpönten liberalen Geistes verdächtig gemacht hatten, um die Direktion des reaktionär gelenkten Hauses. Und erstaunlich genug: In Gestalt des Doktor Heinrich Laube zog tatsächlich ein Vertreter der revolutionären Bewegung in die Burgtheaterdirektion ein. Dazu bedurfte es allerdings einer Hofintrige.

Der Schlesier Laube, den man in Deutschland wegen seines Bekenntnisses für die französische Julirevolution eingesperrt und verbannt hatte, wollte wie sein jungdeutscher Kollege Gutzkow gern Burgtheaterdirektor werden. Nur stellte er sich geschickter an als Gutzkow, vor allem aber schrieb er die besseren Rollen. Das verschaffte ihm ein gutes Entree bei den Hofburgschauspielerinnen, die in der Wiener Gesellschaft eine Rolle spielten: bei Amalie Haizinger, in deren Salon er den obersten Hoftheaterdirektor Dietrichstein kennenlernte, bei Julie Rettich, die mit dem Dichter Friedrich Halm, dem späteren Generalintendanten Münch-Bellinghausen, befreundet war, und bei Luise Neumann. Unversehens erfreute sich der jungdeutsche Revoluzzer, der eine Hofstelle anstrebte, sogar der Protektion der Erzherzogin Sophie; diese war die Schwägerin Kaiser Ferdinands und die Mutter des künftigen Kaisers Franz Josef.

Daß Laube 1848 in die Frankfurter Nationalversammlung gewählt wurde, verschlug nichts. Man hatte sich für ihn entschlossen, weil man sich liberal geben wollte — und weil man schon so lange mit ihm verhandelt hatte, daß alles andere als ein Abschluß blamabel gewesen wäre. So konnte Laube Bedingungen durchsetzen, die ihm wirkliche Reformen ermöglichten: einen Vertrag für fünf Jahre sowie volle Freiheit bei den Engagements und bei der Annahme von Stücken. Außerdem wurde Laube, der 4000 Gulden Gehalt erhielt, die Erhöhung der Subvention auf 100.000 Gulden zugestanden (sie wurde 1859 nach dem unglücklichen Italienfeldzug auf 84.000 Gulden gekürzt). Bei der Bewilligung des Anstellungsdekrets im Dezember 1849 verlangte der Kaiser von Laube, die Mehrausgaben müßten durch Sparsamkeit wieder hereingebracht werden. Der Kaiser hieß damals seit einem Jahr Franz Josef.

Der Freiheitsrausch hatte nur kurz gedauert. Laube selbst, erst auf dem Sprung ins Direktionszimmer, hatte das Burgtheater zur Nationalsache erklärt und laute Zustimmung gefunden. So wichtig erschien das Theater, daß eine der Forderungen der Märzrevolution lautete, das Burgtheater müsse zur deutschen Nationalbühne werden. Ferdinand Kürnberger, der nachher allerdings emigrieren mußte, hatte verkündet: „Fort mit dem alten Repertoirestaub! Das Familienschauspiel ist aufzugeben, das politische Schauspiel zu emanzipieren. Shakespeare hoch vor allen! Das Theater ist eine Volkstribüne. Von der Bühne herab spreche das Jahrhundert zu seinen Kindern!"

Vom 13. bis zum 20. März war das Hofburgtheater, um das sich die Revolutionäre so annahmen, wegen der Revolution geschlossen. Moritz G. Saphir forderte in seiner Zeitschrift, die sinnigerweise immer noch „Der Humorist" hieß, mehr Gehalt, mehr Leben und mehr Klassiker für das erste deutsche Nationaltheater: „Statt der Zöpfe brauchen wir Köpfe, statt der Kritik den Mund zu petschieren, ist es jetzt Zeit, die Kunst, die edle, im Auge zu behalten, die Würde des Instituts, den Ruhm des Wollens, des Vaterlandes in seiner ersten dramatischen Kunstanstalt zu manifestieren."

Dem Oberstkämmerer Graf von Dietrichstein wurde so angst und bange, daß er mit dem Hoftheater nichts mehr zu tun haben wollte. Seit der Verkündung der Pressefreiheit galt die geheime Instruktion des Polizeigrafen Sedlnitzky an die Zensur nicht mehr, in der es geheißen hatte: „Ausfälle gegen die Hofburgtheater-Direction sind zu streichen", Graf Dietrichstein glaubte daher, es seiner Ehre, seinem „guten, zuvor niemals frech angetasteten Namen schuldig" zu sein, sich zurückzuziehen und den Direktor Holbein allein mit der Revolution fertig werden zu lassen.

Franz Ignaz Holbein hatte am Hofburgtheater die Tantieme durchgesetzt, er hatte, was man nicht wußte, schon vor 1848 den Bau eines neuen Burgtheaters und die Einführung volkstümlicher Theatervorstellungen geplant, aber er war, wie mancher, zu spät Burgtheaterdirektor geworden, als er schon alt und müde war. Stets bereit, „vor allem die kaiserliche Familie und höchstderen pietätvolle Gefühle zu berücksichtigen", war er todunglücklich über die Aufhebung der Zensur. Untertänig fragte er bei Hofe an, was er jetzt mit den früher zurückgestellten Stücken von Laube, Gutzkow und Freytag machen sollte. In der Zwischenzeit spielte er das alte Repertoire weiter. Erst am 24. April reagierte Wiens erste Bühne auf die Revolution: Auf dem Theaterzettel hieß sie nun wieder „Hof- und Nationaltheater". Laube, noch nicht Direktor, hatte sein Schiller-Drama „Die Karlsschüler" inszeniert — für den Zustand des

Ensembles war bezeichnend, daß keiner der Karlsschüler-Darsteller jünger als fünfzig war! Die Logen waren von den Kammerjungfern und Kammerdienern der zum Teil verreisten Abonnenten besetzt, im Stehparterre und auf den Galerien machte sich viel deutschnationale Jugend breit. Dementsprechend stark war der Beifall für das Drama, das Laube, selbst ein Idol der Studenten, über das Idol der Jugend geschrieben hatte. „Jede Anspielung auf Schiller, auf Freiheit und Recht, jeder Ausfall auf Gewalthaber, auf Adelswillkür und Adelsschwächen, jede Illustration des Bürgertums wurde der Gegenstand schrankenlosen Jubels“, referierte der alte Anschütz.

Friedrich Kaiser schilderte, wie Direktor und Regisseure (von denen Anschütz einer war) auch bei anderen Aufführungen jedesmal erschraken, wenn eine freisinnige Stelle vom Publikum beklatscht wurde. Ende August wurde Karl Töpfers Zeitgemälde „Bürgertum und Adel“ aufgeführt, in dem es nicht nur Kritik am Adel gab, sondern auch einen Aufzug von Arbeitern, die eine schwarzrotgoldene Fahne trugen und das Lied „Was ist des Deutschen Vaterland?“ sangen. „Da wähnten die Gutgesinnten schon das Ende der Welt hereinbrechen zu sehen, und einige sehr hochgestellte Herren klagten laut, daß sie nun auch das durch derartige Ausschreitungen entweihte Burgtheater nicht mehr besuchen könnten.“

Zu denen, die auf diese Besucher keinen Wert zu legen schienen, gehörte auch der bisherige Publikumsliebling Eduard Bauernfeld. „Wenn wir den neuen Staat bekommen, wird auch das neue Theater nicht ausbleiben“, schrieb er 1849 hoffnungsfroh, und meinte, ein Volk, das sich die Pressefreiheit erzwungen habe, werde sich auf der Bühne nicht länger mit Dramen abspeisen lassen, die ihm lauter abgelebte, geistlose gesellschaftliche Verhältnisse und servile Polizeizustände abspiegelten, gegen die es im wirklichen Leben vor kurzem eine Revolution gegeben habe.

Die Revolution, die Metternich verjagt hatte, war jedoch schon im Herbst 1848 endgültig niedergeschlagen worden —

was übrigens drei Monate später die Uraufführung von Hebbels „Judith" möglich machte. Direktor Holbein hatte der Zensur des Militärgouverneurs eingeredet, der Holofernes sei dem Fürsten Windischgrätz zu Ehren gedichtet und mit der Belagerung Bethulias sei die Belagerung Wiens gemeint. Im Mai 1848 war Hebbels „Maria Magdalene" im Jahrbuch für dramatische Kunst noch aus ganz anderen Motiven gefeiert worden. Hebbels Drama brachte das Volk, das vorher nur durch Ifflandsche Jammerstücke vertreten gewesen war, auf die Hofbühne, und man verglich diese aus diesem Anlaß mit dem, was sie gewesen war: „der große Kochtopf, in welchem die Poesie zu Mus weichgekocht wurde, die Privatunterhaltungsanstalt einer Aristokratie, die in den Schlafsesseln ihrer Logen dem tändelnden Spiele der Nebenbilder auf der Bühne zusah ..."

Von der Revolution blieb nicht viel, es sei denn, daß die Burgschauspielerinnen seither auf dem Theaterzettel nicht mehr als „Madame" oder „Demoiselle", sondern als „Frau" oder „Fräulein" ausgewiesen wurden. Entscheidender war ein verändertes Klima im Zuschauerraum. Nach 1848 wechselten viele Logen, ganze, halbe und Viertellogen, den Besitzer, der alte Erbadel, insbesondere der ungarische, zog sich zurück, und österreichische Industriebarone nahmen seinen Platz ein. Laube zog die Jugend ins Theater, auf den billigen Plätzen drängten sich mehr Studenten und bildungshungriges Volk als zuvor.

Bauernfeld, der neue Abonnenten erhofft hatte, obwohl er bei den alten aus und ein gegangen war, beklagte sich darüber, daß das Publikum des Hofburgtheaters hellhöriger geworden war. Laube spielte seine Lustspiele nicht so häufig wie die Direktoren vor ihm, und Bauernfeld, dessen beste Zeit vorüber war, verbreitete, seine Stücke würden zurückgestellt, weil sie Äußerungen religiöser und politischer Meinungsverschiedenheiten veranlassen könnten. Er wandte sich deshalb sogar ans Publikum: „Sie klagen weniger über mich als über dich. Du seiest nicht reif, behaupten sie, zu täppisch, zu plump — was weiß ich! Du suchst die Anspielungen in den Stücken heraus —

du lachst, du klatschest zuviel, zu heftig.“ Der Autor bat die Zuschauer, nicht zu applaudieren.

Die Pose eines Autors, der sich interessant machen will? Ganz unbegründet schienen Bauernfelds Vorhaltungen nicht. Laube selbst klagte, als auf die Revolution die Reaktion folgte, über den gefährlichen Beifall, durch den ihm das Publikum manche Stücke entzog. „Der Tendenzapplaus wirkte wie blankes Gift bei meinem Chef. Die Wirkung war immer unfehlbar das Verbot des beklatschten Stückes.“ Laube redete sich aus, er spiele deshalb so viele harmlose Lustspiele Charlotte Birch-Pfeiffers, weil bei diesen nichts zu befürchten war.

Dem Burgtheaterdirektor Laube, der selbst eine revolutionäre Vergangenheit hatte, schien es, als wollten sich manche Wiener im Hofburgtheater für die verlorene Revolution rächen. Der kritische Applaus, meinte er, sei höheren Ortes auch deshalb unbeliebt, weil man aus ihm heraushören konnte, daß dem Publikum die militärischen Niederlagen von 1859 und 1866 gleichgültig waren. „Ja, wenn wir politisch in Ordnung wären — sagte man wohl laut —, da wäre es eine Freude, unsere Truppen siegreich zu sehen. Aber so, aber so! Das Jahr 48 ist uns konfisziert worden, und wir erhalten Zugeständnisse, wenn die Regierung in Not gerät durch verlorene Schlachten.“

Laube, als liberaler Politiker und Dichter berühmt, konnte das liberale Publikum, das seinetwegen ins Hofburgtheater kam, schwer davon abhalten, gegen die wieder installierten Zwänge zu demonstrieren, und sei es mit Applaus. Als er 1861 Gustav Freytags Römerstück „Fabier“ aufführte, entdeckten die Zuschauer bald Beziehungen zur Gegenwart. Schon im ersten Akt wurde bei offener Szene nach dem Autor gerufen, der Kampf des Volkes gegen die bevorrechteten Klassen auf der Bühne fand im Zuschauerraum demonstrativen Beifall. Als der Volkstribun den Edlen drohte, sie aus ihren Würden zu werfen, erscholl der Jubel am lautesten.

Die spürbare Erneuerung des Publikums — als um die Lombardei gekämpft wurde, zogen sich auch die Mailänder Kaufleute zurück — kam Laube andererseits bei der Verwirklichung seiner künstlerischen Pläne gelegen. „Der Sinn der Bevölkerung ist in seiner Tiefe viel mehr bewegt worden als früher, das Publikum ist ernster und nachdenklicher, die Jugend bedeutender geworden“, stellte er fest. Er hatte, was er sich wünschte: ein Publikum für die Tragödie. Daß er es nicht nach Gebühr beanspruchte, war eine Überraschung.

Laubes überragende Leistung für das Burgtheater lag beim Aufbau und bei der Erziehung eines Ensembles, wie es die Hofbühne in solcher Qualität und Vielfalt noch nie besessen hatte. „Einen guten Schauspieler hole ich mir selbst vom Galgen“, lautete seine Maxime. Binnen kurzem engagierte er zu den alt gewordenen Künstlern, die er vorfand, neue Kräfte: Josef Wagner, Bernhard Baumeister, Josef Lewinsky, Bogumil Dawison, Ludwig Gabillon, Ernst Hartmann, vor allem aber Charlotte Wolter und Adolph Sonnenthal. Bei jedem kontrollierte er, so hieß es, zuerst das Gebiß — gute Zähne fand er unerläßlich für gutes Sprechen, und auf gutes Sprechen kam es ihm an.

Laube, der selbst die Proben leitete, mußte erst den Widerstand der rangältesten Schauspieler, der „Regisseure“, überwinden. Diese und ihr Anhang hatten die wichtigen Rollen oft seit Jahrzehnten in ihrem Besitz und wollten sie nicht abgeben. Mit Anschütz, der 1850 den Julius Cäsar spielte, hatte Laube einen grundsätzlichen Streit: Der erfahrene Schauspieler fand es respektwidrig, daß in der Volksszene die Akteure dem Publikum den Rücken zukehren sollten. Anschütz fand, „höherer Stil in höherem Stücke“ sei angebracht, bei Shakespeare sei es üblich, Köpfe und Leiber ganz oder halb en face darzubieten, nur im Konversationsstück müsse man es nicht so streng halten.

Solchen Einwänden zum Trotz erarbeitete Laube mit seinem Ensemble einen Stil, dessen Grundlage die Natürlichkeit war. Er drückte sich vor allem in zahlreichen Shakespeare-Aufführungen aus. Jede Woche wurde eine (oft seit Schreyvogel stehende) Aufführung aufgefrischt, mit den neuen Werken, die er dem Repertoire eingliederte, kam er schon 1852 auf 154 verschiedene Stücke.

Die Einnahmen erreichten unter Laubes Direktion Rekordhöhen. Er konnte 1867 in seinem Entlassungsgesuch wahrheitsgemäß anführen: „Achtzehn Jahre lang hat das k. k. Hofburgtheater unter meiner artistischen Direktion keinen Kreuzer Defizit gehabt, obwohl die Dotation verringert und der Ausgabenetat erhöht worden ist; es ist zu wiederholten Malen Überschuß erzielt worden."

Es waren nicht nur die Klassiker, mit denen Laube das Publikum ins Burgtheater lockte. Von dem ehrgeizigen Programm, das er verkündet hatte — man müsse im Laufe eines Jahres am Burgtheater alle wichtigen Stücke der Klassiker, die anspruchsvollen Werke der Gegenwartsliteratur und leichte Konversationsstücke zu sehen bekommen —, realisierte er nur den letzten Teil wirklich. Er favorisierte für den Theateralltag das französische Sittendrama Alexander Dumas', Emile Augiers und Victorien Sardous, deren Effektsicherheit er schätzte und seinen Schauspielern nutzbar machte. Daß die beiden großen deutschen Dramatiker seiner Zeit, Grillparzer und Hebbel, in derselben Stadt lebten, beeindruckte ihn wenig, Nestroy zog er gar nicht erst in Betracht. Hebbel mochte er nicht, Grillparzers frühe Dramen brachte er zum Teil wieder auf den Spielplan, die „Libussa", die ihm der alte Dichter anvertraut hatte, gab er ihm zurück.

Laube, der jeden Abend in seiner Loge saß und so lange lachte und applaudierte (nicht an den gefährlichen Stellen natürlich), bis es ihm das Publikum nachmachte, rieb sich letztlich am Widerstand der höheren Instanzen auf. „Erziehen lassen wir uns nicht im Burgtheater", hatte ihm Friedrich Fürst zu Schwarzenberg, der immerhin in Nestroy einen wienerischen Shakespeare erkannte, einmal zugerufen. Immer wieder wurde der Direktor ermahnt: Nur nichts Direktes! Als er Karl Immermanns „Andreas Hofer" ansetzen wollte, wurde ihm das

Drama verboten — „solch ein Stück erschien zu unmittelbar", auch wenn es patriotisch gemeint war und bis ins Jahr 1809 zurückreichte. Bei einer anderen Gelegenheit resignierte Laube: „Ich bemerkte spät genug, daß ich eben einem Gedanken- oder Gewohnheitskreise gegenüberstand, welcher aus einem Schloßtheater Ludwigs XIV. das Wesen und den Charakter auch eines heutigen Hoftheaters ableitet, und daß all meine ästhetische Beweisführung unwirksam verbleiben müßte."

Als man ihn bereits abgeschoben hatte, kreierte Heinrich Laube einen Rettungsgedanken, das Burgtheater aus seiner Abhängigkeit vom Hof zu lösen. Er bot sich an, das Theater zu pachten und auf eigene Rechnung zu führen — ein Rückschritt, der in seinem Fall wohl ein Fortschritt gewesen wäre. Der Vorschlag wurde ebensowenig angenommen wie der gleichlautende, den Dr. Rudolf Beer machte, als es schien, die Erste Republik könne sich das Burgtheater nicht leisten.

Laube und vor ihm Schreyvogel hatten das Burgtheater eigentlich geschaffen: durch die Hinwendung zur Literatur, durch die Erziehung des Publikums und der Schauspieler. Drama und Publikum, von Josef II. mehr vorausgesetzt als vorgefunden, waren nunmehr vorhanden. Löste man dieses Theater aus der bedrohlichen Nestwärme des Hofes, nahm man ihm — Jahrzehnte später — die Majestät in der Loge, büßte es seine Besonderheit ein. Die Direktoren, die Darsteller mochten wechseln, der gleichbleibende Nenner blieb das Publikum. Sobald sich das Burgtheater im kulturellen Bewußtsein der Stadt endgültig etabliert hatte, war es vor Überraschungen so gut wie sicher.

Der Rest war Chronologie.

VII

DAS LANGE STERBEN

Die Tage des Theaters, das Laube hinter sich ließ, waren gezählt. Der deutsche Chronist Sternberg, der das Haus während der Direktion Laube besuchte, konstatierte kurz und bündig, keine Provinzstadt Deutschlands habe ein so miserables Theaterlokal aufzuweisen wie die erste Bühne Wiens. Das Carltheater, das noch vor der Revolution in der Jägerzeile eröffnet worden war, das Stadttheater, mit dem Laube von 1872 an dem Burgtheater Konkurrenz machte, und das 1874 als Komische Oper etablierte Ringtheater boten jedenfalls mehr Bequemlichkeit als die Schauspielbühne des Kaisers.

„Das Parterre hat Steh- und Sitzplätze", schilderte Sternberg seine Burgtheatererfahrungen, „wer aber mit seinem Körper es gut meint, der nehme lieber einen Stehplatz, ehe er auf dem Sitzplatz Höllenqualen sich aussetzt. Will es das böse Geschick und man erhält zwei nur einigermaßen corpulente Nachbarn, so befindet man sich auf einem solchen Sitzplatz in der Situation eines Citronenkerns, der alle Augenblicke bereit ist, aus der gepreßten Citrone herauszuspringen."

Der deutsche Gast vermerkte, mit welcher Affenliebe die Wiener an ihren alten Gebäuden hingen, und schrieb es dem Aberglauben zu, daß sie kein neues großes Theater bauten. Pläne für ein neues Hofschauspielhaus hatte es jedoch schon viele gegeben.

Ferdinand von Hohenberg, der Erbauer der Gloriette, hatte ein neues Theater im Michaelertrakt der Hofburg vorgesehen, der Freiherr von Braun hatte auf eigene Kosten ein neues Schauspielhaus auf dem Ballhausplatz errichten wollen — der Plan mußte fallengelassen werden, weil der Theaterbetrieb die

Staatskanzlei irritieren hätte können. 1831 spielte man mit dem Gedanken, das Opernhaus am Kärntnertor aufzulassen und die Oper mit dem Schauspiel in einem Neubau auf dem Terrain der Stallburg unterzubringen.

Seltsamerweise dachte man, als man daranging, Wien zu einer modernen Großstadt auszubauen, nicht gleich daran, das Hofschauspiel aus seiner Beengtheit zu erlösen. Im Handbillett vom 20. Dezember 1857, in dem der junge Kaiser Franz Josef die Schleifung der Wälle, die Auffüllung der Stadtgräben und die Verbauung der Glacis anordnete, war zwar der Bau eines neuen Opernhauses vorgesehen, vom Schauspielhaus jedoch war nicht die Rede.

Erst ein Laie, der Hofrat Philipp Ritter von Dräxler, formulierte im nachhinein den Plan, zwei neue Hoftheater auf dem heutigen Heldenplatz zu errichten. Diese Placierung wurde zwar abgelehnt, doch anerkannte die Stadterweiterungskommission die Dringlichkeit des Baues eines neuen Hofschauspielhauses. Dringlich war der Neubau vor allem der Feuersgefahr wegen. Das war 1858 beschlossene Sache — als 1881 beim Ringtheaterbrand 386 Menschen den Tod fanden, war das neue Hofburgtheater ebensowenig fertig wie drei Jahre später, als Laubes Stadttheater ausbrannte.

Anläßlich der Stadterweiterung rechnete 1858 die „Presse" vor, daß durch die beengten Platzverhältnisse im Hofburgtheater der Theatergenuß zum Glücksfall werde. Nach dieser Rechnung waren so viele Logen, Sperrsitze und Stehplätze im ersten Parterre von vornherein okkupiert, daß nur ungefähr 500 Plätze täglich verkauft werden konnten: „Auf 6000 theaterfähige und wenigstens 100 theaterlustige Einwohner kommt demnach ein Platz." Die Szenen vor den Kassen bewiesen das Mißverhältnis zwischen dem kleinen Theater und dem beträchtlichen Bevölkerungszuwachs.

Offenbar um das Gedränge an der Kassa zu mindern, führte man Vormerkungen für Sperrsitze ein. Der Exdirektor Laube bemängelte an dieser Maßnahme, dadurch sei weiteren Kreisen der Zutritt ermöglicht worden; die neuen Interessenten versorgten sich beizeiten mit Plätzen, ohne auf das Stück zu achten, und ließen den intimen Kennern keinen Platz übrig, sodaß diese schließlich ganz wegblieben. „So entsteht ein zufälliges Publikum, und die traditionellen alten Maßstäbe verschwinden, mit ihnen das alte Burgtheater."

Die alten Maßstäbe verloren in diesen Jahren des Aufbruchs, in denen Wien seine Grenzen sprengte, auf vielen Gebieten ihre Geltung. Die Einbeziehung der Vorstädte veränderte deren Struktur, aus Weindörfern wurden Massenquartiere für Industriearbeiter, Gewerbe und Fabriken nisteten sich jenseits des Linienwalles ein. Dem zunehmenden Proletariat entsprach eine neue Klasse von Unternehmern. Als die Befestigungsanlagen fielen, intensivierte sich der Verkehr zwischen Innenstadt und Außenbezirken. Die Tramway, deren erste Linie Schottentor—Hernals 1865 eröffnet wurde, machte es den Menschen jenseits der im selben Jahr feierlich eingeweihten Ringstraße leichter, ins Zentrum und damit auch ins Theater zu gelangen.

Dem Hofburgtheater erwuchs in diesen Jahren mehrfache Konkurrenz. Nicht nur, daß ein Teil seines Anhangs Laube in sein Stadttheater folgte, brach im Carltheater und im Theater an der Wien mit voller Wucht das goldene Zeitalter der Wiener Operette an.

Franz von Dingelstedt, Hofburgtheaterdirektor zwischen 1870 und 1881, wäre wohl der richtige Mann gewesen, dieser Konkurrenz zu widerstehen, und tatsächlich stiegen die Einnahmen in den ersten Jahren seiner Direktion. Das hatten sie auch während des kurzen Zwischenspiels getan, als nach Laubes verärgertem Ausscheiden der Generalintendant Münch-Bellinghausen, der Dichter Friedrich Halm, und sein Strohmann August Wolff ihre Ohnmacht bewiesen. Die wachsende Stadt hatte mehr Publikum als je zuvor.

Laube hatte aufs Ohr des Publikums gezielt, Dingelstedt wollte dem Auge wohlgefällig sein. Konfrontiert mit einem

Publikum, das in anderen Theatern von aufwendigem Operettenprunk geblendet wurde, war er der erste am Hofburgtheater, der besonderes Augenmerk aufs Bild, auf die Ausstattung legte. Laube wetterte gegen die „Tapezierer-Dramaturgie“, die Dekoration lenkte seiner Meinung nach von der Dichtung und vom Darsteller ab. Als ein gastierender Hamlet über die dürftige Dekoration klagte, gewährte ihm Laube einen dritten Sessel auf der Bühne. Immerhin hatte er in Wien die geschlossene Zimmerdekoration eingeführt — weil sich mit ihr die Intimität des Spiels steigern ließ.

Dingelstedt faszinierte das genußsüchtige, zum Teil auch blasierte Publikum der Gründerzeit mit üppigen Bildern. Er war ein Makart der Szene, er verwendete, wie die Truppe des Meininger, echte Gegenstände zur Dekoration, und er näherte sich Richard Wagners Gesamtkunstwerk, indem er das Bild mit Musik und Ballett belebte. Er inszenierte im Ringstraßenstil, er malte mit Menschen, Kostümen und Dekorationen, das Licht nicht zu vergessen; noch unter Laube hatte das Hofburgtheater eine Gasbeleuchtung erhalten.

Die Zeit der qualmenden Öllampen war vorüber. Der Burgschauspieler Hermann Schöne schrieb ihr einen melancholischen Nachruf: „Glückliche Darsteller, die sich im Schutze dieser Beleuchtung einer ewigen Jugend erfreuten!“ Dingelstedts Ensemble hatte die schummrige Milde nicht nötig, denn jene Darsteller, die Laube ans Burgtheater geholt hatte (und die dann nicht einmal zu seinem Begräbnis gingen), erreichten erst unter seinen Nachfolgern die volle Höhe ihrer Kunst.

Es war die Zeit einer oft rührenden Schauspielerverehrung. Rudolf Holzer hat die Erregung seiner Großmutter beschrieben, dieses Schwanken zwischen Ungeduld und Erwartung, Unruhe und Leidenschaft, die diese stattliche, „maria-theresianisch gebaute“ Frau erfaßte, wenn sie ihren Burgtheatertag hatte. Die Akteure, die abends aufzutreten hatten, konnten nicht ärger vom Lampenfieber befallen sein, den ganzen Tag über blieben die Haare zu Locken eingedreht, und schon am Morgen überzeugte sich die Abonnentin im „Fremdenblatt", daß ja alle Lieblinge spielten. Und all diese Aufregung wiederholte sich drei-, viermal im Monat.

Der Großvater schwärmte noch von Sophie Schröder und Heinrich Anschütz, Vater und Mutter ereiferten sich über Sonnenthal und die Wolter. „Es war die Neugierde für etwas schier Mythisches, das dieses viel beredete Burgtheater in der Vorstellung des Kindes die Bedeutung höchsten Lebensinhaltes annehmen ließ", erinnerte sich Holzer, der im selben Jahr 1875 zur Welt gekommen war, in dem Dingelstedt mit seinem Königsdramenzyklus den Gipfelpunkt seiner Direktion erreichte — und eine späte Erfüllung der März-Forderung „Shakespeare vor allen!"

Die Burgtheaterbegeisterung schlug in der Endphase des alten Hauses am Michaelerplatz so hohe Wellen, daß im stillen Linz der Notarssohn Hermann Bahr ein Heft anlegte, in das er Tag für Tag eintrug, was und in welcher Besetzung im Burgtheater gespielt wurde. Der junge Arthur Schnitzler, dessen Vater die Hoftheaterelite zu Patienten und zu Freunden hatte, verfügte über einen ererbten Stammsitz im Parkett, er bewunderte Sonnenthal und kopierte Hartmann. Mit Recht durfte sein erster Biograph behaupten: „Die ‚eigentliche' Kinderstube Arthur Schnitzlers stand vielleicht gar nicht in seinem Elternhaus, sondern am Michaelerplatz. Es war das alte Burgtheater." Die Wandlung vom Burgtheaterabonnenten zum Burgtheaterautor ergab sich zwangsläufig. Dazwischen fand der Umzug vom alten ins neue Haus statt.

Daß es sich dabei nicht einfach um eine Übersiedlung handeln würde, zeichnete sich unter Dingelstedt ab. Er holte nicht nur nach, was Laube an Grillparzer versäumt hatte, spielte nicht nur den „Bruderzwist", „Libussa" und die „Jüdin von Toledo", sondern tastete bereits voraus in die Zukunft. Er holte, wenn auch mit wenig charakteristischen Stücken, zum erstenmal Ludwig Anzengruber („Elfriede", 1873) und Henrik Ibsen („Nordische Heerfahrt", 1876) ins Haus. Er engagierte

Stella Hohenfels und Josefine Wessely, Friedrich Mitterwurzer und Hugo Thimig, die auch im neuen Haus eine wichtige Rolle spielten sollten. Dingelstedt wäre vielleicht der richtige Direktor für dieses neue Haus gewesen, sein Sinn fürs Dekorative hätte sich dem dekorativen Neubau rasch angepaßt, seine großräumigen Inszenierungen hätten in den prunkvollen Rahmen gepaßt. Am Ende hätte er auch früher der Moderne die Tore geöffnet, spielerisch, um mit der Mode zu gehen, wie er vieles tat.

Die letzten Jahre des alten Hofburgtheaters glichen einem Zustand zwischen Leben und Tod. Der Patient weigerte sich, zu sterben, jeder Abend, an dem die Schauspieler ihr Publikum mitrissen, wirkte wie das Lebenszeichen eines zum Tode Verurteilten. Es war ein zäher Abschied, der unnötig in die Länge gezogen wurde. Elf Jahre dauerte Dingelstedts Direktion, sieben Jahre lang sah er zu, wie das neue Theater am Franzensring qualvoll schleppend emporwuchs — und als er schließlich starb, dauerte es noch einmal sieben Jahre bis zur Vollendung des in dieser Form unerwünschten Hauses.

Die Architekten van der Nüll und Siccardsburg, die seinerzeit das Carltheater in der Rekordzeit von sieben Monaten errichtet hatten, brauchten für die neue Hofoper immerhin siebeneinhalb Jahre und viereinhalb Millionen Gulden. Der Architekt Karl Hasenauer, der nach dem Ausscheiden Gottfried Sempers allein für den Bau des neuen, aus dem Hofburgareal abgedrängten Hofschauspielhauses verantwortlich war, benötigte vierzehn Jahre und verbaute dabei an die zehn Millionen Gulden anstatt der vom Hof veranschlagten drei Millionen. Die Hofoper wurde bereits 1869 eröffnet, beim Hofburgtheater mußte der Kaiser Mitte 1874 erst anordnen, daß mit dem Bau „tatsächlich baldigst“ zu beginnen sei. Ende November 1874 fand endlich der erste Spatenstich statt, aber erst im Sommer darauf fand man zwanzig Meter unter dem Straßenniveau tragfähigen Baugrund.

Der Bauplatz an der Ringstraße war zu klein, es mußten

Wohnhäuser auf der Löwelbastei abgetragen werden, und dann war das neue Theater immer noch um zwei Meter kürzer als das alte. Damit das später geplante, aber früher erbaute neue Rathaus ein repräsentatives Visavis bekam, mußte das Theaterprojekt gedreht und breiter als nötig angelegt, mit den „Flügeln" der Stiegenaufgänge versehen werden. Auf der Baustelle herrschte mehr als ein Jahrzehnt das Chaos. Die Wiener, die an den Planken vorübergingen, konnten schließlich gar nicht mehr glauben, daß der Theaterbau dahinter jemals fertig werden könnte.

Je mehr Zeit verstrich, desto deutlicher wurde auch, daß die vorgesehene Theaterburg hinter den Planken gar nicht mehr den Erfordernissen entsprach. Das Bürgertum, das im Theater, wie überall, immer entscheidender mitsprach, wollte nicht länger nur der geduldete Mitbenützer im Theater der Aristokratie sein. Laubes Stadttheaterunternehmen, die Gründung eines Theaters, dessen Spielplan nicht auf den Hof und auf die Komtessen Rücksicht nehmen mußte, hatte Schule gemacht. Die einfachen Leute, die ihre Vorstadttheater an die Operette verloren hatten, und das neue Publikum aus den Arbeiterbezirken fühlten sich im Logentheater des Kaisers nicht wohl. Nachdem Laubes Stadttheater ausgebrannt und zu einem Varieté umgebaut worden war, wurde ein Verein zur Gründung eines deutschen Volkstheaters ins Leben gerufen.

Vielleicht wollte der Hoftheater-Generalintendant Josef Bezecny diesem Verein nur zuvorkommen, vielleicht hatte er die Nachteile des im Bau befindlichen Hofburgtheaters erkannt, ganz sicher wollte er dem säumigen, inzwischen Baron gewordenen Hasenauer eins auswischen: Jedenfalls machte er ein Jahr vor der Eröffnung des neuen Burgtheaters in einer Denkschrift den Vorschlag, im Weghuberpark eine dritte Hofbühne zu errichten — das war genau der Platz, auf dem der Volkstheaterverein sein Theater bauen wollte. Die bestehenden Hoftheater, stellte Bezecny fest, seien ausschließlich Domäne der privilegierten Klassen. Die neue Bühne, ein Amphitheater, sollte ein

Theater für die breiten Schichten der Bevölkerung sein, denen die hohen Eintrittspreise von Burg und Oper nicht zuzumuten waren.

Seit dem Börsenkrach im Jahr 1873, dem Jahr der durch die Cholera verpatzten Weltausstellung in Wien, war der Mittelstand verarmt. Das projektierte Volkstheater — dem Bezecny mit seinem, prompt abgelehnten, Projekt einer kaiserlichen Volksbühne das Wasser abgraben wollte — sollte diesem Mittelstand wieder den Theaterbesuch ermöglichen. Darüber hinaus sollte es jenen Bühnenrealismus in Wien vorstellen, den sowohl das Hofburgtheater als auch die Operettenbühnen unterschlugen, während er in Berlin die Zuschauer aktivierte, und dem Volksstück Unterkunft geben. Anton Bettelheim, einer der Initiatoren des Volkstheatervereins, charakterisierte 1886 die Zustände im Wiener Theaterleben folgendermaßen: „Nicht der Wiener Bürger und Handwerker, der moderne Geldmensch, der gelangweilte Aristokrat und der unvermeidliche, kritiklose Theaternarr kommen heute in Betracht bei der Auswahl der Neuigkeiten.“ Für die Adabeis, die es sich leisten konnten, hatte das Hofburgtheater 1884 zum erstenmal ein Premierenabonnement aufgelegt zum horrenden Preis von sieben oder acht Gulden für den Parkettsitz.

Adolf Wilbrandt, der Ende 1881 nach Dingelstedts Tod die Direktion übernommen hatte, war als Dramatiker ein Epigone, sein Vorgänger hatte ein Dutzend seiner Stücke herausgebracht. Der gebürtige Rostocker engagierte neben Georg Reimers und Max Devrient Katharina Schratt und Rudolf Tyrolt, was ihn in die Lage versetzte, 1885 zum erstenmal ein Werk Raimunds von einem Burgtheaterensemble aufführen zu lassen, wenn auch zunächst in der Hofoper. Die Kritik bescheinigte dem einstigen Numero die Burgtheaterreife: „Raimunds Werke sind sicherlich so hoftheaterfähig wie gar viele der modernen Komödien und Schwänke, denen man den Zutritt zu den Räumen unserer Hofbühne gegönnt hat.“ Nach der dritten Vorstellung übersiedelte der „Verschwender“ tatsächlich ins Hofburghteater, das

Interesse der Abonnenten reichte aber nur noch für zwei Aufführungen. „Das Burgtheater-Publikum stand noch zu sehr im Banne der historischen Tragödie und des Sensationsstücks", urteilte ein Chronist.

Die zaghaften Versuche Wilbrandts, vom Unverbindlichen abzuweichen, fanden keine Gegenliebe. Er spielte zwar nicht Ibsen, der anderswo die Zuschauer überwältigte, sondern den milderen Björnson, er riskierte Turgenjew und, vor seinem Abgang, Gogols „Revisor" — mit so mattem Erfolg, daß ein Kritiker diagnostizierte: „Es gibt entschieden Faules im Staate des Burgtheater-Publikums"; dieses nahm übel auf, daß Gogols Gestalten nicht nach Patschuli dufteten, sondern wahr und echt waren.

Wilbrandt, ein feiner, freundlicher Herr, wollte sich mit seinem Publikum aus Adeligen und Besitzenden nicht herumschlagen. Er hatte den ganzen „Faust" an drei Abenden hintereinander geboten, und er hatte die Dramen des Sophokles in eigener Übertragung dem Repertoire einverleibt. Als es ernst wurde mit dem neuen Theater, ersparte er sich die Aufregungen der Übersiedlung und demissionierte, um sich wieder dem Schreiben zu widmen. „Der Dichter in mir hat den Direktor von seinem Stuhl heruntergezogen", notierte er später.

Mit einem Provisorium — Sonnenthal, seit dreißig Jahren am Hofburgtheater, leitete es, ohne sich zum Direktor ernennen zu lassen — klang die Geschichte des alten Burgtheaters aus. Alfred Freiherr von Berger, der Sonnenthal als Direktionssekretär zur Seite stand, mußte noch bis zum Jahr 1910 warten. Dann erst, gealtert und verbraucht, zu spät, durfte er Burgtheaterdirektor werden.

Zum Abschied vom Haus am Michaelerplatz fanden sich am 12. Oktober 1888 noch einmal alle zusammen, denen das abgetane Theater Kinderstube und Universität, Salon und Andachtsstätte, Musentempel oder Lachkabinett gewesen war. Frauen, die sich schon früh am Morgen angestellt hatten, fielen in Ohnmacht, die Passage unter dem Burgbogen war von Menschenschlangen so verstellt, daß die Fiaker kehrtmachen mußten. Ein Bäckerlehrling machte das Geschäft seines Lebens, als er den Wartenden Sonnenthal-Stangerln, Wolter-Brezeln und Hohenfels-Kipferln anbot.

Als um sechs Uhr die Kassen geöffnet wurden, kämpften Matronen erbittert mit Studenten. Neunhundert zerrissen beim Kampf um die Karten ihre Kleider, nur vierhundert fanden Einlaß. Den größeren Rest beanspruchten der Hof und die Abonnenten. In den Hoflogen war fast das ganze Kaiserhaus versammelt: der Kaiser mit Erzherzogin Valerie, der König von Sachsen, die Kronprinzessin, die Erzherzoge.

In Goethes „Iphigenie auf Tauris" verkörperte Charlotte Wolter die Rolle, mit der sie ins Hofburgtheater eingezogen war. Hinter den Kulissen hörte, zum letztenmal, Bauernfeld zu. Nachher hob sich der Vorhang noch einmal, vor dem gesamten Personal sprach Sonnenthal mit tränenerstickter Stimme den von Berger verfaßten Epilog. Im Zuschauerraum wie auf der Bühne wurde geweint. Nach den letzten Worten „Im neuen Haus — das alte Burgtheater" fiel rasch der Vorhang, und er hob sich nicht mehr.

Der Hof entfernte sich eilig, hinter dem Vorhang feierten die Schauspieler Abschied, ein Toast auf den Kaiser, das „Gott erhalte" machten den Abschluß. Im Zuschauerraum begann unterdessen die Demolierung. Sitzpolster wurden zerschnitten, Tapeten herabgerissen, Logenbrüstungen auf Andenkengröße zerschlagen. Mit dem alten Burgtheater hatte es ein für allemal ein Ende.

Der Dichter des neuen, Arthur Schnitzler, trauerte ihm noch fünf Jahre vor seinem Tod nach. „Um wirklich Wesentliches über den Komplex ‚Burgtheater' aussagen zu können", meinte er, „muß man das alte Haus gekannt haben."

VIII

DER SCHOCK DES NEUEN

„Heute ist der Ehrentag der deutschen Schauspielkunst“, meldete das „Illustrirte Wiener Extrablatt“ am 14. Oktober 1888 auf der ersten Seite, und unter diesem Titel stand zu lesen: „Seine Majestät der Kaiser hat in seiner Residenz einen Musentempel sonderart errichtet und heute Abends öffnen sich die Pforten des neuen prunkvollen Hofburgtheaters, um den gottbegnadeten Priestern der recitirenden Kunst und allen Jenen Einlaß zu gewähren, welche Herz und Sinn besitzen, sich an den Meisterwerken der Dichtkunst zu erfreuen, zu erheben, zu begeistern. Und deren gibt es in Wien viele Tausende.“

Auf die Besucher der festlichen Eröffnungsvorstellung wirkte das in Licht getauchte neue Haus wie ein Feenpalast; die Dekkengemälde, Porträts, Büsten, Luster und Girlanden, mit denen Hasenauer Stiegenhäuser und Wandelgänge ausgestaltet hatte, kamen voll zur Geltung. Egon Friedell, vom Geschmack der Makart-Zeit nicht mehr infiziert, nannte diese Innendekoration „mit ihren stupiden Allegorien, ihrem plebejischen Samtgeprotze und ihrem lärmenden Marmorschwindel“ eine Orgie der Geist- und Geschmackslosigkeit.

Die Zeitgenossen der auslaufenden Ringstraßenära mit ihrer Fassadenkultur mochten es anders empfinden. Drinnen war es auch nur halb so prächtig. Die Logenwände zum Beispiel waren wegen der Feuersgefahr nicht bespannt, sondern nur lackiert worden, und zwar weiß, sodaß die Logen den ernüchternden Eindruck von Badekabinen machten. Als viel störender wurde jedoch empfunden, daß ein beträchtlicher Teil der Logeninhaber so gut wie nichts sah und hörte.

Da es sich um ein Hoftheater handelte, hatte man sich —

entgegen Sempers ursprünglichem Entwurf — für geschlossene italienische Logen entschieden. Was bei der bauchigen Lyraform des Logenrunds mit sich brachte, daß 32 der 88 Logen kaum Sicht auf die Bühne boten. Auch jene Zuschauer, die im Parterre und auf der vierten Galerie in den Ausbuchtungen des von den Wienern „Haftel" getauften Zuschauerraums saßen, sahen kaum etwas, die Besucher des Stehparterres wieder wurden durch die Draperie, die von der Festloge herabhing, in der Sicht behindert.

Die Besucher der vierten Galerie fanden sich in schwindelerregender Höhe, am „Juchee" — eine zeitgenössische Karikatur ließ einen Herrn mit Bergstock und Kletterseil auf die Frage, welche Tour er vorhabe, antworten: „Auf die vierte Galerie in der Burg hab' ich mir eine Karte gekauft!"

Die Inhaberin des Stammsitzes Nr. 27 in der 1. Reihe der vierten Galerie klagte über mangelnde Bequemlichkeit im neuen Haus: „Die Lehnen dieser Sitze sind so niedrig gehalten, daß die Besucher der zweiten Reihe die Füße auf diese stellen und selbe als Schuhschemel gebrauchen und den Besuchern der ersten Reihe nicht nur die nassen Kleider, sondern auch die beschmutzten Schuhe und Stiefel auf den Rücken stellen. Ich sage Stiefel, weil nicht nur Damen, sondern auch die Herren dieser Unart huldigen. Ersucht man artig, die Füße herabzugeben, so wird dem keine Folge geleistet, oder man wird von den Leuten mit den Knien in den Kopf gestoßen, was einem den Besuch des Theaters verleidet."

Es bedurfte gar nicht solcher Gewalttätigkeit zur Beeinträchtigung des Kunstgenusses. Bereits bei den ersten Proben hatte Ludwig Gabillon seinem Tagebuch anvertraut: „Nach den neuesten Erfahrungen ängstigt mich die Akustik." Die Angst war, wie sich bei der Eröffnungsvorstellung zeigte, durchaus berechtigt. Nach Beethovens „Weihe des Hauses" und einem szenischen Prolog von Josef Weilen, der das ganze Personal, zuoberst Fritz Krastel als Max Piccolomini mit der kaiserlichen Standarte, auf die Bühne brachte, folgten Grillparzers

„Esther"-Fragment und Schillers „Wallensteins Lager". Zu letzterem hatte Gabillon schon nach der Generalprobe festgehalten: „Niemanden hat's gefreut. Weder die Schauspieler noch das Publikum", und genauso war es auch bei der festlichen Premiere.

In der Pause bereitete zwar das Publikum dem Kaiser, der mit dem serbischen König, dem englischen Thronfolger und, drei Monate vor der Tragödie von Mayerling, dem Kronprinzen Rudolf in der zweiten Reihe der großen Festloge saß, eine Ovation, doch über die architektonische Mißgeburt war man sich rasch einig. Manche, die für eine Loge im Parterre oder im 1. Rang 75 Gulden, für einen Galeriesitz drei Gulden bezahlt hatten, konnten kaum ein Wort von der Bühne vernehmen.

Die Eröffnungsfeier war die Geburtsstunde dessen, was später abfällig als Burgtheaterpathos bezeichnet wurde. Jene Darsteller, die den im alten Haus gewohnten natürlichen Tonfall beibehielten, blieben unverständlich, die anderen, die mit gesteigerter Lautstärke die Schranke des Orchestergrabens überwinden wollten, wirkten allzu pathetisch. Egon Friedell bestätigte Hasenauer: „In geradezu genialer Weise hat es der Architekt verstanden, die beiden Partner: Schauspieler und Publikum auseinanderzubringen. Das Orchester und die Proszeniumslogen töten jede Intimität, jeden Kontakt, ja jede Akustik. Um in den hinteren Parterrereihen oder gar auf den Galerien gehört oder gesehen zu werden, muß der Darsteller ununterbrochen schreien oder fuchteln."

Der innigste geistige und gemütliche Wechselverkehr zwischen Zuschauer und Schauspieler, von dem Ludwig Speidel geschwärmt hatte, war durch das Orchester, „den höchst zuverlässigen Fluidumfänger", unterbunden. In der „Neuen Freien Presse" prangerte Speidel die Ungeheuerlichkeit an, daß ein paar hundert Schritt vom alten Burgtheater ein neues Gebäude errichtet worden war, das nicht die geringste Rücksicht auf Geist und Tradition des berühmten Kunstinstituts nahm. Feines Sprechen, der Vorzug des Burgtheaters, sei im neuen Haus unmöglich. Speidel forderte energische Maßnahmen: „Entweder man baue ein einfaches neues Haus, oder man baue den eigentlichen Theaterraum des neuen Hauses so gründlich um, daß kein Stein auf dem anderen bleibt.“

Zu spät mußte man Laube recht geben, der es für einen Irrweg erklärt hatte, die Schauspielhäuser durchaus monumental bauen zu wollen. Am unglücklichsten aber waren die Hofburgschauspieler. Gabillon schrieb seinen Kollegen aus der Seele, als er in seinem Tagebuch bekannte: „Das alte Burgtheater war meine eigentliche Heimat, dieser neronische Zirkus wird's niemals werden und lebte ich hundert Jahre.“ Gabillons Kollege Emmerich Robert wollte auf den Gründen des Palais Clam-Gallas in der Währinger Straße ein Theater bauen, das äußerlich und auch innen (bei modernem technischem Apparat) dem alten Burgtheater gleichen sollte. Das Geld dafür hatte er schon beisammen, als ihn eine schöne Rolle wieder mit der Burgtheaterdirektion aussöhnte ...

Als kaum einen Monat nach der Eröffnung Dr. August Förster, der schon unter Laube Schauspieler und Regisseur am Hofburgtheater gewesen war, zum Direktor bestellt wurde, umschrieb der Generalintendant bei der Amtseinführung die Tücken des neuen Theaters mit dem Hinweis, durch die Pracht des Hauses werde die Aufmerksamkeit des Publikums abgelenkt, der Rapport zwischen diesem und den Schauspielern leide. Direkter sagte es im Namen der Parkettbesucher ein Ingenieur Karl Wulles: „Wie soll ein Publikum Beifall spenden, wenn es die Schauspieler nicht versteht? Also müssen Adaptierungen vorgenommen werden.“

Davor schreckte man zunächst zurück. Nicht nur, daß man eben erst Millionen für den Neubau ausgegeben hatte, kam der Theaterbetrieb jetzt teurer als zuvor. So mußten die Wagen mit den Dekorationen bis zu zwanzigmal am Tag zwischen dem Depot in der Dreihufeisengasse und dem Franzensring pendeln. Da die neue Bühne größer war als die alte, mußten für die meisten Stücke des Repertoires neue Dekorationen angefertigt werden. Eine Vorstellung im neuen Hofburgtheater kostete viermal soviel wie im alten Theatersaal.

Erst 1897 nahm man den unumgänglichen Umbau in Angriff — das Publikum ließ sich die Mängel von Hasenauers Theaterpalast, einen „eleganten Sarg“ nannte ihn Speidel, nicht länger gefallen. Der Ertrag der Logenabonnements hatte sich in diesem Jahr um 165.000 Gulden verringert, die Familien in den blinden und tauben Logen kündigten ihr Abonnement auf, auch die schlechten Galerieplätze waren unverkäuflich.

Von April bis September — gespielt wurde in diesen Monaten in der Hofoper — wurden die bauchigen Wülste des lyraförmigen Zuschauerraumes entfernt, die geschlossenen Logen geöffnet und die Verhältnisse auf der vierten Galerie verbessert. Die Logenwände wurden mit rotem Samt bespannt, wodurch das Haus intimeren Charakter gewann, und durch eine zusätzliche Parkettreihe schrumpfte der Graben zwischen Bühne und Publikum. Die Kosten des Umbaues beliefen sich auf 182.774 Gulden. Der Direktor des Hauses hieß zu diesem Zeitpunkt Max Burckhard.

August Förster war, ehe er überraschend starb, nur ein Jahr Direktionszeit geblieben, in dem er möglichst viele Inszenierungen des alten Repertoires ins neue Haus hinüberretten wollte. Von den wenigen Premieren war nur Hebbels „Gyges und sein Ring“ erwähnenswert.

Wieder folgte ein kurzes Provisorium unter Sonnenthals Leitung. Im Februar 1890 wurde Burckhard zum artistischen Sekretär, bereits im Mai zum Direktor des Burgtheaters ernannt. Wien hatte damit eine Sensation, denn der Jurist Burckhard, der ein neues System des österreichischen Privatrechts entworfen hatte, war nie zuvor als Kandidat im Gespräch gewesen. Man erzählte sich sogar, seine Bestellung beruhe auf einem Irrtum. Der Kaiser habe dem Generalintendanten Bezecny, der zugleich Präsident der Bodenkreditanstalt war, den Ministerial-Vizesekretär Dr. Burckhard als Bankdirektor vorgeschlagen, sei aber mißverstanden worden.

Burckhard, dem böse Zungen nachsagten, er sei vor seinem Amtsantritt nur siebenmal im Theater gewesen, engagierte Schauspieler schon im Hinblick auf ein zeitgemäßes Repertoire. Er entdeckte die blutjunge Lotte Medelsky, förderte Hedwig Bleibtreu und forcierte Adele Sandrock als Wolter-Nachfolgerin, er engagierte Anna Kallina, Otto Tressler, Victor Kutschera und Karl Zeska, er holte Mitterwurzer endgültig ans Burgtheater und bewog Josef Kainz zur Heimkehr. Bei der Uraufführung von Schnitzlers „Liebelei" konnte er von diesen Neuen Adele Sandrock, Anna Kallina, Kutschera, Zeska und Mitterwurzer einsetzen, Lotte Medelsky wurde seine Hedwig in Ibsens „Wildente", Hedwig Bleibtreu brauchte er, um Anzengruber und Gerhart Hauptmann am Burgtheater heimisch zu machen.

Unter Burckhards Direktion fand das Theater des Kaisers zur Wirklichkeit, zur Wirklichkeitskunst. Noch 1891 konnte Karl Goldmann kritisieren: „Das Burgtheater war eine moralische Anstalt, das Burgtheater von heute ist eine Luxusbühne." Während sich der gebildete Mittelstand mit dem Deutschen Volkstheater ein eigenes Theater gebaut hatte, dominierte im Hofburgtheater neben dem Adel ein mehr auf Repräsentation als auf geistige Auseinandersetzung bedachtes Großbürgertum. Als Burckhard Direktor wurde, verlangte ein Teil der Kritik von ihm ein modernes Repertoire.

Burckhards Spielplan wirkte wie das Echo auf diese Forderung. So spielte er Ibsen: den „Volksfeind", „Die Kronprätendenten", „Das Fest auf Solhaug", „Die Stützen der Gesellschaft", „Klein Eyolf" und „Die Wildente"; Hauptmann: „Einsame Menschen", „College Crampton", „Hanneles Himmelfahrt" und „Die versunkene Glocke"; aber auch Anzengruber: „Stahl und Stein", den „Meineidbauern" und den „G'wissenswurm". Mit der Horlacher-Lies des letzten Stückes, Katharina Schratt, pflegte der Kaiser seit Jahren zu frühstükken — für die „Gesellschaft" war Burckhards Spielplan, der sogar nicht in den protzigen Rahmen paßte, ein Ärgernis.

Schon 1893 registrierte Alfred von Berger, der sich nach Försters Tod (man nannte ihn schon den „Erb-Förster“) übergangen gefühlt hatte und ausgeschieden war, die Unzufriedenheit dieses Publikums: „Gesunkene Einnahmen und ein Massenabfall der Logenabonnenten sind ihr unzweideutiger Ausdruck!“ Daß die Logeninhaber daheim blieben, weil sie nichts sehen und nichts hören konnten, stellte er nicht in Rechnung. Da das Defizit infolge des verteuerten Betriebs anschwoll, wurde der Zuschuß von 84.000 auf 200.000 Gulden erhöht.

Burckhard, den Karl Kraus den „Entweiher geheiligter Schablone“ nannte, warb um ein neues, zwar nicht kapitalkräftiges, aber bildungshungriges Publikum. Im Jänner 1891 führte er verbilligte Sonntagnachmittagsvorstellungen ein — ein Galeriestehplatz kostete nur zehn Kreuzer! Um Agiotage zu verhindern, wurden die Karten direkt an die Organisationen der Gewerbetreibenden und der Arbeiter sowie an Schulen abgegeben. Subalterne Beamte und Leute ohne Standesvertretung konnten ihre Karten auf schriftlichem Wege bestellen. Der Ertrag dieser Vorstellungen floß in den Pensionsfonds der Hofschauspieler.

Den bisherigen Abonnenten paßte es ganz und gar nicht, daß nachmittags einfaches Volk auf ihren Sitzen saß. Burckhard wurde seiner demokratischen Ambitionen wegen wiederholt attackiert. Ja, wenn die „gewöhnlichen Leute“ für ihre Kreuzer wenigstens schlechter bedient worden wären! Aber der Direktor sorgte dafür, daß dieses neue Publikum die besten Aufführungen des ordentlichen Spielplans in der Originalbesetzung zu sehen bekam: Grillparzer, Goethe, Schiller, von Shakespeare den Königsdramenzyklus, Hebbel, Kleist, Ibsen und Hauptmann, gelegentlich auch Lustspiele. Besonders bei den Klassikeraufführungen, das andere konnte man vielleicht anderswo auch so gut sehen, herrschte Andrang. Burckhard hatte durch diese Sonntagsvorstellungen, die spätere Volksbühnenideen vorwegnahmen, viele Inszenierungen parat, wenn er sie brauchte. Rudolf Lothar, ansonsten nicht immer mit seiner

Direktion einverstanden, nannte das Hofburgtheater an Sonntagnachmittagen die erste Volksbühne Deutschlands, Hermann Bahr erkannte das beste Burgtheater seit Laube.

Bei der Verwirklichung seines modernen Repertoires stieß Burckhard nicht nur beim trägen Teil des Publikums, sondern auch im Ensemble auf Schwierigkeiten. Die mit Berger verheiratete Stella Hohenfels spielte zwar das Hannele (die „Himmelfahrt" mußte aus dem Titel gestrichen werden), gab aber die Anna Mahr in „Einsame Menschen" zurück, „weil dieses Mädchen ein Loch im Ärmel hat". Sie lehnte auch die Rolle der Christine in Schnitzlers „Liebelei" ab, ebenso weigerte sich Bernhard Baumeister, den alten Weiring zu spielen. So engagierte Burckhard für das süße Mädel Adele Sandrock (die viel später als komische Alte beim Film populär wurde), und den Weiring mußte wohl oder übel Adolph Sonnenthal übernehmen, der mit Schnitzlers Vater befreundet war.

Sonnenthals Haltung war charakteristisch für die Voreingenommenheit der älteren Schauspieler. Als Schnitzler nach dem ersten Akt gerufen wurde, fiel ihm, wie er zugab, ein Stein vom Herzen: Er hatte befürchtet, ein Theaterskandal würde in dem Moment losbrechen, da Christine und Mizi „unbegleitet" Fritzens Junggesellenwohnung betraten.

Sonnenthal, der nach Burckhards Ausscheiden erklärte, er werde aus dem Engagement gehen, wenn man ihn zwinge, Ibsens Baumeister Solness zu spielen, war sich im Briefwechsel mit fürstlichen Verehrerinnen einig, daß es mit dem Burgtheater bergab ging. Im letzten Direktionsjahr Burckhards, 1897, schrieb der Schauspieler der Fürstin Metternich-Sándor, ihm blute das Herz, „das allererste Kunstinstitut von Jahr zu Jahr, von Tag zu Tag seinem Niedergange entgegengehen zu sehen, unaufhaltsam, unwiederbringlich! Bald wird nur noch das hohle Gerüst da stehen, und der Begriff ‚Burgtheater' wird eben nur noch — ein Begriff sein".

Dabei erreichte die alte Garde des Hofschauspiels gerade unter Burckhard ihren höchsten Ruhm. Noch 1926 dichtete Karl

Kraus eine „Liebeserklärung an Zerline Gabillon", in der er sie und ihren Partner Sonnenthal beschwor — „aus Bühnentagen, wo Persönlichkeit zum Leben sprach und oben stärker war als unten". Der Literarhistoriker Jakob Minor, der in seinem Testament die Burgschauspieler bedachte, schilderte Sonnenthal als Urbild eines echten Edelmannes, als perfekten Gentleman: „Alle seine Helden mußten, wenn auch unter unscheinbarer Hülle, das Herz am rechten Fleck haben, einen abstoßenden, innerlich häßlichen Menschen hat er nie gespielt." Zerline Gabillon, die Salondame des Burgtheaters, war auch die Salondame der Residenz: „Sobald sie auf der Scene erschien, ging ein vornehmes Parfüm durch das Haus und der Zuschauer fühlte sich sofort in guter Gesellschaft." Ernst Hartmann wurde von den jungen Herren kopiert: „Wie man sich zu kleiden, zu bewegen, zu äußern habe, hat die nachfolgende Generation von ihm gelernt."

Ausgerechnet unter Burckhard, der zur Literatur tendierte, erreichte die Schauspielerverehrung ihren Gipfel. Es war kein Zufall, daß die Fünfguldenbanknoten das Bild einer Burgschauspielerin, der verstorbenen Josefine Wessely, trugen.

Stefan Zweig fixierte den Schauspielerkult der damals Jungen in seiner „Welt von gestern": Der Ministerpräsident, der reichste Magnat konnte in Wien durch die Straßen gehen, ohne daß jemand sich umwandte; aber einen Hofschauspieler, eine Opernsängerin erkannte jede Verkäuferin, jeder Fiaker; der Friseur Sonnenthals, der Kutscher von Kainz waren Respektspersonen, die man heimlich beneidete; die alte, halb analphabetische Köchin, die niemals im Burgtheater gewesen war, stürzte entsetzt ins Zimmer und meldete, Charlotte Wolter sei gestorben.

Die Wolter hatte Burckhard Schwierigkeiten gemacht, weil sie, die seinerzeit in einer Eingabe gebeten hatte, man möge ihren „physischen Wandel" zur Kenntnis nehmen und ihr keine unpassenden Mädchenrollen mehr zuteilen, die Rollen, für die sie zu alt geworden war, nicht abgeben wollte, und sie war nicht die einzige. Was Gutzkow einst auf das Burgtheater gedichtet hatte, galt immer noch:

Carlos und Romeo spielen hier silberlockige Greise,
Und bei Juliens Kuß wackeln die Zähne im Mund!

Drei Schauspielerinnen, die als Wolter-Nachfolgerinnen engagiert wurden, verließen das Hofburgtheater wieder. Als Charlotte Wolter im letzten Direktionsjahr Burckhards starb, meinte Jakob Minor über die 63jährige Heroine Laubes: „Was hätte sie für das Repertoire des Burgtheaters bedeuten können, wenn sie in den letzten zehn Jahren weniger junge und mehr alte und weniger alte und mehr neue Rollen gespielt hätte!"

Jenen Zuschauern, die mit Laubes Ensemble alt geworden waren, machte die Beharrlichkeit der Künstler wenig aus. Alfred von Berger sprach vom „blühenden Fett der Lokalillusion" und stellte fest: „Das, was ein Schauspieler einmal war, bleibt für das Wiener Publikum lange als Vision, als Idol stehen, nachdem er ein anderer geworden ist, leiblich verfallen, manieriert, Routinier. Es ist gut, daß das Publikum nicht nur sieht, sondern auch halluziniert."

Was neu war am nachwachsenden Publikum: Es interessierte sich nicht nur für die Schauspieler, sondern auch für das Stück. Und Burckhard spielte Stücke, die seine Zeitgenossen unmittelbar angingen. Derselbe Stefan Zweig, der beim Friseur Schauspielertratsch zu erlauschen hoffte, wollte auch den Gang der Handlung erfahren, wenn ein neues Stück angesetzt war. „Eine Premiere von Gerhart Hauptmann im Burgtheater irritierte viele Wochen, bevor die Proben begannen, unsere ganze Klasse." Hermann Bahr berichtete von der Aufführung der „Wildente", Burckhards letzter Ibsen-Premiere: „Wie in der Kirche sind die Leute dagesessen, auf jedes Wort haben sie andächtig gehorcht. Ich kann mich nicht entsinnen, daß jemals in diesem Hause ein Stück der heutigen Literatur mit solcher Macht so vehement eingedrungen wäre."

Die „heutige Literatur" holte Burckhard in ein Haus, das so

gar nicht für sie gebaut schien, gegen die Konkurrenz des Deutschen Volkstheaters, dem er die Franzosen überließ, und seit 1893 auch gegen die des Raimundtheaters. Die Schüler des Konservatoriums, die zur Uraufführung von Schnitzlers „Liebelei" strömten, fanden ihre Wirklichkeit, sich selbst auf der Bühne wieder. Als Bahr das Stück später einmal inszenieren sollte, wollte er für die Dekoration des ersten Aktes einfach die Einrichtung von Schnitzlers Junggesellenwohnung kopieren. Das Burgtheater hatte die Gegenwart eingeholt.

Der Mann, der sie auf der Hofbühne durchsetzte, suchte den direkten Kontakt mit dem Publikum. Er versteckte sich bei den Premieren nicht in seiner Loge, sondern saß auf dem ersten Sitz der dritten Reihe Parkett rechts, mitten unter den Leuten, „damit die Kerln spüren, was ich will, und Angst kriegen!" Burckhard stürzte, als sich eine Gruppe von Schauspielern mit dem Adel gegen den allzu aufgeschlossenen Direktor verschwor. Als er sah, daß seine Stellung unhaltbar wurde, ging er selber.

IX

DER VERPASSTE ANSCHLUSS

Burckhard wäre berufen gewesen, das Burgtheater ins 20. Jahrhundert zu führen. Er durfte es nicht. Sein Nachfolger Paul Schlenther, Mitarbeiter der Freien Bühne in Berlin, Kritiker der „Vossischen Zeitung", schien Burckhards literarischer Blutgruppe zuzugehören. Der gebürtige Ostpreuße hatte sich für den Naturalismus eingesetzt und galt als fortschrittlicher Demokrat.

Das Wiener Klima veränderte ihn wie vorher den Schlesier Laube. Paul Schlenther in Wien war ein anderer als Paul Schlenther in Berlin. Niemals konnte er sich darüber hinwegsetzen, daß er einem Theater vorstand, dessen Mitglieder, sobald sie ihr Anstellungsdekret erhielten, um Audienz beim Kaiser zu bitten und sich untertänigst zu bedanken hatten.

Die finanzielle Situation, in der er das Haus vorfand, trug zweifellos zu Schlenthers Willfährigkeit bei. In Burckhards letztem Direktionsjahr betrug das Defizit 90.000 Gulden, im ersten Jahr Schlenthers schon 141.000 Gulden; stellte man den kaiserlichen Zuschuß von 200.000 nicht in Rechnung, fehlten sogar 341.000 Gulden. Der Hof war nicht nur nicht gewillt, die Zuschüsse zu erhöhen, er forderte Einsparungen. Die Riesensummen, die Kaiserin Elisabeth für die Ausgestaltung des Achilleions auf Korfu hatte ausgeben lassen, sollten bei den Hofinstituten wieder hereingebracht werden: durch Gehaltskürzungen, Pensionierungen und Kündigungen. Schlenther, der die Direktion 1898 übernahm, führte zweierlei Eintrittspreise ein, bei Premieren und Gastspielen wurden die Preise erhöht. Für 1899 veranschlagte er Durchschnittseinnahmen von 1400 bis 1500 Gulden — in Wahrheit waren es nur 300 bis 400!

Im Gegensatz zu Burckhard schien es der als Demokrat willkommen geheißene Schlenther darauf angelegt zu haben, das weniger kapitalkräftige Publikum wieder aus dem Burgtheater zu ekeln. Die regelmäßigen Sonntagsvorstellungen zu ermäßigten Preisen hörten sich unter seiner Direktion auf. In einem Brief, in dem er 1902 Sonnenthal drängte, den Andreas Doria im „Fiesco“ zu übernehmen, argumentierte er: „Gerade in dem Augenblick, wo wir die unglückseligen Nachmittagsvorstellungen aufheben sollen, muß der Beweis erbracht werden, daß das klassische Repertoire der Abende sich hebt und sich zu heben im Stande ist.“

Die Klassiker wurden von Schlenther nicht deshalb gefordert, weil er zuviel zeitgenössische, gesellschaftskritische Literatur darbot — das wagte er ja nicht —, sondern weil er zuviel Unterhaltungsklamauk ins Burgtheater brachte. „So scheint es denn, als ob Dr. Paul Schlenther berufen wäre, der Totengräber des Burgtheaters zu sein“, schrieb der Kritiker Rudolf Lothar und wußte dem kranken Theater kein anderes Rezept, als allen Neuheiten abzuschwören: „Das Burgtheater sei ein Museum!“ Auch ein junger Enthusiast wie der siebzehnjährige Oskar Jellinek warf dem Direktor 1907 die Vernachlässigung Grillparzers, Goethes, Schillers und Hebbels vor.

Schlenther meinte, das Publikum auf andere Weise ins Haus ziehen zu können: mit den Stücken der sogenannten Berliner Verfallsliteratur, wie sie die Autoren Oskar Blumenthal, Paul Lindau, Adolf L'Arronge und Friedrich Triesch präsentierten. Blumenthal, Ludwig Fulda und Gustav Kadelburg beherrschten über weite Strecken den Spielplan des Hofburgtheaters, aber auch vieler anderer Bühnen. Immerhin war Blumenthal um 1900 der meistgespielte Autor des deutschen Sprachraumes überhaupt, sein „Weißes Rößl“ wurde — auf dem Höhepunkt des Naturalismus! — häufiger aufgeführt als alle Werke Gerhart Hauptmanns zusammen.

Der Burgtheaterdirektor erklärte, kein Theater könne auf die jeweiligen Kotzebue und Birch-Pfeiffer verzichten, weil es

17 *Das neue Burgtheater im Eröffnungsjahr 1888. Der erste Spatenstich auf dem damaligen Schillerplatz war bereits im November 1874 getan worden. Vierzehn Jahre vergingen bis zur Eröffnung, und als es endlich soweit war, hatte niemand eine Freude an dem üppigen Gebäude.*

18 Stella Hohenfels und Adolf Sonnenthal in Ludwig Doczis Drama „Letzte Liebe".

19 *Josef Kainz als König Kandaules in Friedrich Hebbels „Gyges und sein Ring“*
20 *Friedrich Mitterwurzer als Hamlet, 1905.*

Folgende Seite:
21 *Zerline Gabillon, die erste Salondame des Burgtheaters.*
22 *Hedwig Bleibtreu als Rhodope in Friedrich Hebbels „Gyges und sein Ring“.*
23 *Lotte Medelsky als Hedwig in Henrik Ibsens „Wildente“, 1898.*
24 *Paula Wessely debütierte 1936 als heilige Johanna am Burgtheater.*

umso bessere Geschäfte machen müsse, je höheren künstlerischen Idealen es folge. „Je mehr abgearbeitete, in ihren Nerven überreizte, von ihren Sorgen unerlöste Menschen den Schluß des schweren Tags im Theater verbringen, desto größer wird das Bedürfnis nach leichter Zerstreuung, leichter Anregung, leichter Rührung und vor allem nach dem größten Sorgenbrecher, dem lauten Gelächter. Wenn das Kunsttheater diesem Bedürfnisse nicht entgegenkomme, so würden es Singspielhallen, Tingeltangel und Spezialitätenbühnen vollends verdrängen."

Für einen, der angetreten war, den genußsüchtigen Österreichern die Wahrheit zu verkünden, war das ein bescheidenes Programm. Schlenther ließ Hauptmann nicht fallen, er setzte sich auch lokalbewußt für Karl Schönherr ein, aber er zeigte erstaunlich viel Verständnis für die Zensur. „Unser Censor hat etwas von der Seele unseres Publicums, das sehr viel für Verhülltheiten und sehr wenig für nackte Ausdrücke übrig hat", meldete er Hermann Sudermann.

Gerhart Hauptmanns „Rose Bernd" wurde nach fünf Vorstellungen abgesetzt — die Erzherzogin Marie Valerie, Franz Josefs Lieblingstochter, hatte empört das Theater verlassen und dafür gesorgt, daß Kindesmord im k. k. Hofburgtheater nicht mehr vorkam. Ein Teil des Publikums stimmte solchen Maßnahmen durchaus zu, in einer Zeitungszuschrift wurde angeregt, jener Teil der Bevölkerung, dessen Sinn für reine und wahre Kunst durch die „moderne Kloakenliteratur" noch nicht vergiftet sei, solle eine Dankadresse an die hohe Dame richten. „Tausende denken ja noch gottlob wie Schreiberin dieses. Die Bühne dient der Veredelung des Volkes, nicht aber zur Vorführung von Laster und Abscheulichkeit." — Überraschender mochte sein, daß Karl Kraus Verständnis für die Absetzung aufbrachte, indem er das Hausherrenrecht des österreichischen Kaiserhauses respektierte, „in seinem Hause seinen Geschmack und seine Vorurteile, sein Verständnis und seine Rückständigkeit ein Wörtchen mitsprechen zu lassen".

Auch Schnitzlers „Grüner Kakadu" mußte nach acht Aufführrungen zurückgezogen werden — die strenge Erzherzogin war wieder tätig geworden. Schlenther, der brieflich beteuerte, es sei sein Herzenswunsch, den „Reigen“ aufzuführen, wich Schnitzler aus und ließ es zu, daß dessen Wiener Stücke in Berlin herauskamen. Dafür sahen die Wiener manches Berliner Lustspiel zuerst.

Daß die zeitgenössische Literatur Wien verspätet erreichte, war nicht neu — auch Kotzebue und Raupach waren am Hofburgtheater früher gespielt worden als Goethe. In Berlin konnten rasche Entscheidungen getroffen werden, da die Theater zum größten Teil in privaten Händen waren. Am Burgtheater mußten die eingereichten Stücke nicht nur von der Direktion, sondern auch von der Generalintendanz und vom Zensor akzeptiert werden; das bedeutete langwierige Prüfung, Verzögerung, und die Autoren konnten es sich nicht leisten, ihre Werke so lange aufs Eis zu legen.

Einem Österreicher öffnete Schlenther das Hofburgtheater, aber dieser Autor war zur Zeit seines Einzugs mehr als vierzig Jahre tot: Johann Nestroy. 1901, hundert Jahre nach seiner Geburt, wurde zum erstenmal eines seiner Werke auf der Hofbühne gespielt, und Josef Kainz war der vorwitzige Schneider Zwirn in drei Aufführungen des „Lumpazivagabundus“.

Burckhard hatte Kainz für Gastspiele nach Wien gebracht, als dessen Burgtheatervertrag in Kraft trat, war er nicht mehr Direktor. Der Vertrag wurde sogleich von zwei auf zwölf Jahre verlängert. „Dem Einfluß, den Kainz’ Sprache und Spiel, Geist und Geste auf uns junge Leute ausübt, läßt sich in der Geschichte des deutschen Theaters wohl nicht bald etwas an die Seite setzen“, schrieb Oskar Jellinek, der Zeuge jener Burgtheaterjahre, und ein halbes Jahrhundert später erinnerte sich Fritz Kortner, der unter Schlenthers Direktion mit seinen Mitschülern — und mitunter wohl auch an denselben Abenden wie ein gewisser Adolf Hitler — den Stehplatz der vierten Galerie frequentierte, an die Wirkung des Franz Moor von Kainz: „Theaterliebeskrank lag ich danach tagelang fiebernd im Bett.“

Kainz kam zu spät an das Hofburgtheater, um grundlegende Veränderungen bewirken zu können, auf seinem Totenbett wurde ihm gewährt, was er vorher vergeblich erbeten hatte: die Ernennung zum Regisseur, die erst nach zwanzig Jahren der Zugehörigkeit fällig war. Da hatte er, verärgert, seinen Vertrag schon wieder in einen Gastspielvertrag umgewandelt. Stefan Hock hatte aus solchem Anlaß die Frage „Schlenther oder Kainz?“ gestellt und erklärt: „Der größte Schauspieler Deutschlands will von uns scheiden, weil er die Zustände am Burgtheater nicht länger ertragen kann. Es scheint mir notwendig, es auszusprechen, daß wir Wiener unseren Kainz nicht verlieren wollen, daß wir mit ihm übereinstimmend erklären: Die Zustände am Burgtheater sind nicht länger zu ertragen.“

Während im Namen eines vergötterten Schauspielers gegen den Direktor polemisiert wurde, verlangte man — nachdem Schlenther seinen Abschied provoziert hatte — vom neuen Burgtheaterdirektor Berger, er solle dem Publikum größeres Interesse für die dargestellten Stücke als für die tonangebenden Schauspieler beibringen. Den Kritikern, die das forderten, war klar, daß diese Aufgabe bei der Zusammensetzung des Publikums nicht zu bewältigen war; also wollten sie auch die Zusammensetzung des Publikums geändert haben.

Alfred von Berger hatte in Hamburg das Deutsche Schauspielhaus als Burgtheater des Nordens geführt — mit einer Klausel im Vertrag, daß er jederzeit einem Ruf nach Wien folgen könne. Als er im Jahr 1910 gerufen wurde, erkannte er selbst: „Leider um zehn Jahre zu spät.“ Er war nicht oder nicht mehr der Mann, das Burgtheaterpublikum zur modernen Literatur zu bekehren. Der kranke Direktor, mit der Hofburgschauspielerin Stella Hohenfels verheiratet, wußte nur zu gut, daß am Burgtheater die Schauspieler den Ton angaben, und er betrachtete das nicht nur als Nachteil.

Schlenther hatte zwölf Jahre Zeit gehabt und dem Burgtheater einige wertvolle Kräfte, Rosa Albach-Retty, Else Wohlgemuth und Max Paulsen, gewonnen, Berger, der viel mehr

Gespür für das Ensemble, das Haus, die Stadt aufbrachte, blieben nur zwei Jahre, und wichtige Neuengagements glückten ihm nicht. Man warf ihm vor, daß er seiner Frau wegen das Repertoire vernachlässigte — die Hohenfels konnte sich den Text nicht mehr merken, weigerte sich aber, ihre Rollen abzugeben.

Zwei Premieren, bei denen der Wiener Berger den Wiener Schnitzler zu Wort kommen ließ, machten seine kurzen Direktionszeit denkwürdig, auch wenn Hermann Bahr wetterte: „So völlig ideenlos ist das Burgtheater nie gewesen. Es ist einfach nicht mehr vorhanden.“

Schnitzlers großangelegtes Schauspiel „Der junge Medardus“, dessen Handlung im von Napoleon besetzten Wien spielt, kam zur Jahrhundertfeier der Schlacht bei Aspern zurecht. Allein die Ausstattungskosten der Uraufführung betrugen 62.000 Kronen, Wien erstand auf der Drehbühne, und 78 Rollen waren zur allgemeinen Zufriedenheit besetzt. Noch bei der sechsten Aufführung machten die Agioteure ihren Gewinn. Bei Schnitzlers „Weitem Land“, am 14. Oktober 1911 zugleich auch an acht anderen Bühnen uraufgeführt, waren wie zu Bauernfelds Zeiten die Gestalten im Zuschauerraum und auf der Bühne identisch.

Zu dieser letzten Schnitzler-Premiere in Wien vor der Weltkriegskatastrophe notierte Hugo Thimig: „Ein junger Erzherzog verschlang die Vorgänge mit großen Augen, wendete sich aber stets ab von der Bühne, wenn der Dichter für den Beifall dankte, und kraulte sich verlegen den sprossenden Bart oder schaute mit dem Glase auf die Galerien. Es durfte ihm ja nicht gefallen.“

Für Alfred von Berger, der nach Wien heimgekehrt war, um Burgtheaterdirektor zu werden, stellte sich das Burgtheater als unlösbares Problem dar: „Weil es ein Kunstinstitut ist, muß es im Zeichen der Freiheit stehen. Weil es ein Hofinstitut ist, ist es gebunden.“

Dieses Hemmnis sollte allerdings bald wegfallen.

X

DER KAISER VERLÄSST DIE LOGE

Das Hofburgtheater vor dem Ersten Weltkrieg unterschied sich erheblich von jenem zu Schreyvogels, zu Laubes Zeiten, und das nicht nur, was das Gebäude anlangte. Im Wiener Theaterleben hatte eine Art Arbeitsteilung stattgefunden, die sich auch auf die Zusammensetzung des Publikums auswirkte. Die Bühnen, die sich ein selbstbewußtes Bürgertum gebaut hatte, nahmen dem Burgtheater einen Teil seiner bisherigen Aufgaben ab. Die französischen Stücke, mit denen Laube das Repertoire wattiert hatte, wurden nun von anderen Bühnen abonniert, und allmählich gewann man die Überzeugung, auch die weniger raffinierte deutsche Lustspielproduktion sei im kaiserlichen Prunkbau fehl am Platz. Da sich die Moderne bei Hofe geringer Beliebtheit erfreute, überließ man ihre Pflege gleichfalls anderen, durch die Etikette weniger eingeengten Wiener Bühnen.

Man konnte diese zunehmende Verarmung des Burgtheaterspielplans, wie sie unter der Direktion Hugo Thimigs von 1912 an unübersehbar wurde, freilich auch positiv sehen. Durch diese Selbstbeschränkung wurde das Hofburgtheater auf die Klassik verwiesen; auf diesem Gebiet besaß das Hoftheater quasi ein Monopol — Raoul Aslan übersiedelte nach dem Ersten Weltkrieg nicht zuletzt deshalb vom Deutschen Volkstheater ans Burgtheater, weil die Klassikeraufführungen am Weghuberpark von Publikum und Presse nicht ganz für voll genommen wurden. Als Ludwig Fulda einem von Thimigs Nachkriegs-Nachfolgern, Albert Heine, im Verlauf eines Streitfalls drohte, man werde es dem Burgtheater unmöglich machen, neue Stücke zu erwerben, konnte ihm dieser gelassen entgegnen: „Durch meine Mitarbeiter Goethe, Lessing, Schiller, Hebbel, Kleist, Grillparzer und andere bin ich auf Jahre hinaus mit erfolgverheißender und gewinnbringender Arbeit bestens versorgt, und der Gedanke, bei der Abtretung der Verpflichtung diesen Großen und Größten gegenüber durch fragwürdige Gebilde der Kleinen und Kleinsten in Zukunft nicht gestört zu sein, hat für mich etwas ungemein Verführerisches!"

In einer Zeit, in der andere Bühnen freizügig für Belustigung des Publikums sorgten und Berlin, was die literarischen Novitäten anging, Wien längst den Rang abgelaufen hatte, entdeckte das Burgtheater eine Marktlücke für sich: die Klassik. Hugo Thimig, der nach den Worten seines Sohnes Hermann „bei Hofe als persona gratissima" galt, war der geeignete Mann, diese Erkenntnis in die Tat umzusetzen.

Die Weltgeschichte kam ihm dabei zu Hilfe. Thimig, der erste Schauspieler auf dem Direktorsessel seit Förster, trat sein Amt im August 1912 an. Er spielte ein einziges Stück von einem zeitgenössischen Franzosen, von Georges Courteline, dann machte es ihm der Weltkrieg unmöglich, Autoren der „Feindstaaten" aufzuführen. Von näherstehenden Zeitgenossen brachte er nur Unproblematisches, wie Hofmannsthals „Jedermann", Hauptmanns „Bogen des Odysseus" und „Elga", Frank Wedekinds „Kammersänger" und Komödien von Franz Molnár, der gerade zurechtkam, um die Lustspiele „feindlicher" Herkunft zu ersetzen. Verdienste erwarb sich Thimig um Schnitzler, von dem er unter anderem den „Einsamen Weg" und „Zwischenspiel" herausbrachte; von Karl Schönherr erschien neben dem „Weibsteufel" 1917, als „deutsches Heldenlied", auch das Drama „Volk in Not".

Ursprünglich hatte man überhaupt nicht daran gedacht, während des Krieges weiterzuspielen. Nach der Kriegserklärung am 1. September 1914 war das Haus geschlossen geblieben. Erst allmählich entsann man sich des Standpunkts, den Kaiserin Maria Theresia im Siebenjährigen Krieg eingenommen hatte: „Spectacle müssen sein!" Schließlich war das Hofburgtheater sogar im Franzosenjahr 1809 bespielt worden: Der Anwesenheit der Besatzungsmacht verdankte Schillers „Don Carlos" die Erstaufführung.

Hugo Thimig argumentierte: „Die Schließung des Burgtheaters käme einer für Österreich verlorenen Schlacht gleich", und also nahm die Hofbühne nach anderthalb Monaten wieder den Betrieb auf. Bis ins Jahr 1916 hinein wurde, abwechselnd mit der Hofoper, jeden zweiten Abend gespielt. Ein Teil des Personals war eingerückt, aufwendige Inszenierungen wie Shakespeares „Julius Cäsar", Hebbels „Nibelungen" und Schnitzlers „Junger Medardus" mußten abgesetzt werden, weil nicht genug Komparsen verfügbar waren, als die Leinwand ausging, mußten alte Dekorationen übermalt werden. Mitten im Krieg gastierte ein Burgtheaterensemble in der Schweiz.

Die Besucherzahlen nahmen während des Krieges ständig zu. Die Eintrittspreise waren ermäßigt worden, viele Militärs, die der Krieg nach Wien führte, verbrachten ihre Abende im Burgtheater, und ein Teil der Zivilisten lebte weiter wie vorher. Alfred Polgar hat die Stimmung eines Theaterbesuchs im Krieg in wenigen Zeilen festgehalten: „Der Portier an der großen Freitreppe zieht seine Kappe vor den Theaterbesuchern. Sie gehen mit übertriebener Hast an ihm vorüber, als schämten sie sich, da zu sein. Die Frauen tragen Schmuck — man hat die Empfindung: Beute."

Die Wiener ließen sich auch durch die Nachrichten von den Kriegsschauplätzen nicht abhalten, das Theater wichtig zu nehmen. Als Reinhold Haeussermann, der Vater des späteren Burgtheaterdirektors, mitten im Ersten Weltkrieg nach Wien kam, um sein Engagement anzutreten, las der Dienstmann, der ihn vom Westbahnhof zum Burgtheater bringen sollte, den Namen auf dem großen Kostümkoffer und bemerkte: „Haeussermann haben wir am Burgtheater keinen!"

Der Burgschauspieler war immer noch eine stadtbekannte Persönlichkeit. Er wurde nach wie vor, sofern er sein kaiserliches Dekret hatte, von einem Fiaker daheim abgeholt und ins

Theater gefahren — als während des Krieges die Fiakerpferde zum Militär eingezogen wurden, stellte der Hof für diese Fahrten kurzerhand die Lipizzaner der Spanischen Hofreitschule zur Verfügung.

Andere Privilegien der Hofschauspieler waren in Gefahr. Thimig traf Anstalten, das Regiekollegium der dienstältesten Darsteller abzuschaffen. Erst seit 1901 verriet der Theaterzettel, wer für die Inszenierung verantwortlich zeichnete. Thimig verpflichtete mit Arthur Holz zum erstenmal einen Regisseur, der nicht als Schauspieler tätig war. Neben Holz trat vor allem Albert Heine, der das Ensemble unter Schlenther unzufrieden verlassen hatte, als Regisseur in Erscheinung. Thimig, der im Gedenkjahr 1905 den Schiller-Zyklus inszeniert hatte, favorisierte die alten Autoren, die deutschen Klassiker, Shakespeare, Molière und auch Raimund.

Bezeichnenderweise begann man sich nun, da es fast schon zu spät war, Gedanken darüber zu machen, wie man den Aktionsradius des Hofburgtheaters erweitern könnte. Universitätsprofessor Emil Reich, dessen Buch „Die bürgerliche Kunst und die besitzlosen Klassen“ schon seinerzeit Burckhard zu seinen billigen Sonntagsnachmittagsvorstellungen angeregt hatte, entwickelte nun den Plan eines „Volks-Burgtheaters“, einer Filiale in den äußeren Bezirken, die gute Klassikervorstellungen bieten sollte; wieder einmal dachte man daran, für diesen Zweck das Deutsche Volkstheater heranzuziehen. Das Hofburgtheater veranstaltete im Krieg Schülervorstellungen; die Aufführungen wurden „durch Kaiser Karls liebevolle Fürsorge der Wiener Jugend geschenkt“.

Bezeichnend auch, daß man sich jetzt, in letzter Stunde, dessen bewußt wurde, wie sehr es das Hofburgtheater verabsäumt hatte, tatsächlich die zentrale Bühne der k. k. Monarchie zu sein. Kaiser Franz Josef war Ende 1916 gestorben, die Monarchie näherte sich der Auflösung, als der letzte Intendant des Hofburgtheaters, Baron Leopold Andrian-Wernburg, das Konzept einer großösterreichischen Bühne entwarf.

Andrian, der im Krieg auch den Gedanken der Salzburger Festspiele förderte, sah die Blüte des Burgtheaters als erster deutscher Bühne untrennbar mit der Hegemonie des in Wien residierenden Hauses Österreich in Deutschland verknüpft; sie hatte die Schlacht von Königgrätz nicht lange überdauert. Die Bühne der Doppelmonarchie, wie sie Andrian, zu spät, forderte, hätte den künstlerischen Besitz aus der deutschen Vergangenheit zu erhalten, neben dem klassischen das moderne Gesellschafts- und das österreichische Dialektstück, aber auch das Drama der nichtdeutschen Völkerschaften der Monarchie zu pflegen gehabt.

Grillparzers Versuche, ein nationales Drama zu schaffen, die Geschichte dieser Völkerschaften auf die Bühne des Burgtheaters zu bringen, waren auf keine Gegenliebe gestoßen. Seinen „Ottokar“, den nun der letzte Kaiser der Jugend Wiens schenkte, hatte man unterdrückt, seine „Libussa“ hatte ihm Laube, vor dem Panslawismus zurückscheuend, retourniert. Die Nationaldramen Ungarns und Polens, Imre Madáchs „Tragödie des Menschen“ und Zygmond Graf Krasinskis „Ungöttliche Komödie“, kamen erst in den dreißiger Jahren unseres Jahrhunderts ins Burgtheater — knapp vor Franz Theodor Csokors „3. November 1918“, in dem der Zerfall der Monarchie gestaltet ist.

Hugo Thimigs Nachfolger Max von Millenkovich, der die Direktion im April 1917 übernahm, hatte freilich andere Ideale, als den Völkerschaften der Monarchie Gerechtigkeit widerfahren zu lassen. Gleich bei seiner Antrittsrede verkündete er das christlich-germanische Schönheitsideal als das für das Burgtheater allein gültige und forderte dessen Verwirklichung. Diese wollte er, unter anderem, durch die Einführung eines Numerus clausus für jüdische Schauspieler und Autoren erreichen — lange vor der Zeit Hitlers hatte das Burgtheater seinen ersten antisemitischen Direktor. Zwei Direktionsbeiräte, denen der Ariernachweis fehlte, wurden von Millenkovich, der dem antisemitischen Flügel der Christlichsozialen Partei angehörte, entfernt.

Nicht seine Intoleranz oder sein rassistischer Schönheitsbegriff, sondern sein Privatleben führte zum Sturz des Hofrats Millenkovich. Nicht einmal Kardinal Piffl, der seine Ernennung nach einer Absage Hermann Bahrs durchgesetzt hatte, konnte ihn länger als sechzehn Monate halten. Seine Direktion fiel in eine Verfallszeit des Ensembles. Ein wenig begeisterndes Kunstbeamtentum griff um sich, es gab zwar Talente, aber keinen Faust, keinen Götz, keinen Hamlet, wie Berthold Viertel konstatierte, und ebensowenig einen Lear, Tasso, Othello, Falstaff — was sich gerade bei der Hinwendung zur Klassik unangenehm bemerkbar machte.

Nur zwei Engagements der Direktion Millenkovich waren bemerkenswert: das späte Alexander Girardis und das frühe Alma Seidlers. „Das Burgtheater kam bittend zur Natur", hieß es, als der große Volksschauspieler den Fortunatus Wurzel in „Der Bauer als Millionär" — Polgar: „Ein Raimund für neue Reiche" — spielte. Als er zum erstenmal auf der riesigen Bühne stand, zeigte er sich von den prunkvollen Kostümen und Dekorationen geblendet. „A schöne Leich", meinte er, und diese, ein schönes Begräbnis, wurde ihm tatsächlich noch im selben Jahr zuteil. Karl Kraus, der Girardi ebenso verehrte, wie er das neue Burgtheater verabscheute, schrieb in seinem Nachruf: „Ihrer Schmach unbewußt, treibt diese Zeitgenossenschaft auch Firlefanz mit den Reliquien, stellt sie in einem Etablissement aus, das außen von Marmor ist und innen ohne Geist, und geriet also auf den kindischen Einfall, einem Girardi das Burgtheater zu eröffnen, anstatt es ihm zu Ehren zuzusperren."

Einmal mehr wurde nicht gleich der, dem es gebührte, Direktor des Hauses, suchte man nach einer schlechteren Lösung. Nicht nur Berthold Viertel bescheinigte: „Albert Heine verfügt allem Anschein nach über die persönliche Kraft, die trägen Elemente aufzupeitschen und die selbstsüchtig Widerstrebenden zum edlen Zwecke zu bändigen." Heines „Anspruch, mit der Macht eines Direktors ausgestattet, am Burgtheater ernstliche Wiederbelebungsversuche vornehmen zu dürfen", war allgemein anerkannt. Aber man fragte nicht ihn, sondern abermals den zunehmend katholisch werdenden Hermann Bahr.

Bahr wollte zwar Direktor sein, aber nicht die alleinige Verantwortung tragen. Also setzte man ein Dreierkollegium ein, in dem er nur für die künstlerischen Belange zuständig war; Max Devrient, der dienstälteste Regisseur, und der schriftstellernde Major Robert Michel standen ihm zur Seite. Die kollektive Führung dauerte jedoch, wie vorauszusehen, nicht lange. Nach drei Monaten wurde Albert Heine Direktor.

Heine war der letzte vom Kaiser ernannte Burgtheaterdirektor. Zwei Wochen nach seinem Amtsantritt war Österreich Republik. Nie vorher und nie nachher hatte das Burgtheater mit politischen und sozialen Umwälzungen solchen Ausmaßes fertigzuwerden. Die kaiserliche Familie und der Hof, die bisher letztlich bestimmt hatten, was gespielt wurde — oder besser: was nicht gespielt werden durfte —, waren mit einem Mal nicht mehr vorhanden, mit ihnen verschwand ein beträchtlicher Teil des tonangebenden Adels, des hochgestellten Stammpublikums aus den nun von Österreich abgetrennten Kronländern. Die wohlhabenden Bürger büßten im Verlauf der um sich greifenden Inflation ihr Vermögen ein, kamen als Publikum für eine lange Zeit nicht mehr in Betracht. Neue Reiche, Kriegs- und Nachkriegsgewinnler, besetzten die frei gewordenen Logen, eine andere Publikumsschicht erwuchs aus der Arbeiterschaft, die im neugegründeten Staat Mitverantwortung übernommen hatte. Die politischen Vertreter dieser Schicht gewährleisteten die Weiterexistenz der ehemals kaiserlichen Bühnen. Zunächst hatte man im Burgtheater daran gezweifelt, daß der verarmte Rumpfstaat mit seinen sieben Millionen Einwohnern sich das Repräsentationstheater leisten würde können, das der Kaiser eines Fünfzigmillionenreiches sich hatte erbauen lassen. Zur Erleichterung aller versicherte Staatskanzler Renner dem Burgtheaterdirektor, daß sich bei den früheren kaiserlichen Theatern nichts ändern sollte, und der Wiener Bürgermeister Seitz erklärte am 18. November 1918 einer Abordnung von Burgschauspielern, daß das Burgtheater in den Besitz der Republik übergehen werde und die bestehenden Verträge erfüllt würden. Zwei Tage vorher, mitten in den Wirren des Zusammenbruchs und der Neuordnung, hatte die erste Premiere des republikanischen Burgtheaters, Goethes „Natürliche Tochter", stattgefunden. Im Oktober war das Haus einer Grippeepidemie wegen geschlossen gewesen, im Dezember konnte wegen Kohlenmangels nur an fünf Abenden gespielt werden; an einem dieser Abende, dem 3. Dezember, hieß das Theater zum erstenmal einfach „Burgtheater" auf dem Programmzettel — von dem Gedanken, es wieder einmal auf „Nationaltheater" umzutaufen, war man abgekommen. Der kaiserliche Doppeladler wurde weggelassen.

Das Haus stand nun nicht mehr am Franzensring, sondern am Ring des 12. November. Die Zeiten waren unruhig, auf dem Balkon vor dem Büro des Direktors waren drei Maschinengewehre postiert. Eines Abends, es wurden gerade Hans Müllers „Könige" gespielt, mußte Direktor Heine das Publikum mitten in der Vorstellung nach Hause schicken, weil das Parlament brannte. Auch im Gemüt des Publikums war noch Krieg: Als im Februar 1919 zum erstenmal wieder eine französische Novität, das Lustspiel „Die Fahrt ins Blaue", gegeben wurde, reagierten die Zuschauer mit Pfeifen und Zischen; man protestierte gegen den „Feindautor" und forderte österreichische Stücke.

Heine war sich dessen bewußt, daß Hasenauers „Marmorsarkophag der Kunst", wie er ihn nannte, für das Ensemble wie für den neuen Staat einen Ballast bedeutete, und er trachtete, diesen Ballast bei gutem Wind abzuwerfen. Das Burgtheater mit seinen 1650 Plätzen verursachte ebenso große Kosten wie die Oper mit 2400 Plätzen. Noch im Krieg hatte Hugo Thimig, ermuntert von Katharina Schratt, den Neubau eines kleineren Burgtheaters am Minoritenplatz betrieben, jetzt forderte Heine: „Ein kleineres Personal und ein billigeres Haus!"

Da sich ein Personalabbau im nötigen Ausmaß als unmöglich erwies, wollte der erste Burgtheaterdirektor der Republik entweder das Ensemble auf zwei weniger aufwendige Bühnen verteilen oder zum teuren Haus wenigstens einen zusätzlichen Spielort erschließen. Es reichte gerade für eine Adaptierung des Schönbrunner Schloßtheaters; diese Filiale hatte allerdings den Nachteil, daß das einstige Privattheater des Kaisers keine Zentralheizung hatte und daher nur in der schönen Jahreszeit zur Verfügung stand.

Die finanzielle Situation des Burgtheaters in der Zeit der Geldentwertung war nahezu unhaltbar. Staat und Stadt waren sich in der Behandlung der Bühne nicht einig, der Staat subventionierte das Burgtheater, andererseits hatte es der Stadt die hohe Lustbarkeitssteuer abzuführen. Im Herbst 1921 erwog die Ersparungskommission der Regierung sogar die Verpachtung des Hauses, das Direktor Heine „das allermiserabelste Theater der Welt" schimpfte.

Ersparnisgründe spielten auch mit, als Heine zusammen mit Künstlern wie Alfred Roller und Remigius Geyling in den ersten Nachkriegsjahren neue Bühnenbildtechniken entwickelte. Seine „Hamlet"-Inszenierung von 1920 mit Raoul Aslan wirkte wie die Demonstration moderner Bühnenbewältigung: Scheinwerfer holten die Darsteller an das Publikum heran, das Spiel gewann an Unmittelbarkeit. Die neue Stilrichtung des Expressionismus kam dem knappen Etat entgegen, es genügten Projektionen und Vorhänge zur Gestaltung des Bühnenraumes.

Im Ensemble zeigten sich Auflösungstendenzen — damals verdienten Burgschauspieler mehr, wenn sie im Varieté auftraten —, und vor allem der Besetzungsschwierigkeiten wegen ging die Zahl der stehenden Repertoirestücke im ersten Jahr der Direktion Heine von achtzig auf zehn zurück. Daß er neben Aslan noch Ferdinand Maierhofer, Hans Thimig und Josef Danegger engagierte, schuf kaum Abhilfe.

Vor allem aus wirtschaftlichen Erwägungen betrieb die Intendanz, auch sie ein Überbleibsel aus der Monarchie, das

Projekt, die Berliner Stars des österreichischen Regisseurs Max Reinhardt längere Zeit am Burgtheater auftreten zu lassen. Der Plan zerschlug sich, weil das heimische Ensemble sich zurückgesetzt fühlte und weil Heine mindestens drei Wochen Probezeit auch für das Gastspiel forderte. Das Scheitern dieses Projekts, gegen das sich auch Heines Nachfolger, Wildgans, vehement aussprach, führte zu einer Verstimmung zwischen Intendanz und Direktion und letztlich zu Heines Abgang.

Bezeichnend für die veränderten gesellschaftlichen Verhältnisse war, daß Albert Heine eine andere Ursache für sein Ausscheiden vermutete: Er hatte ein Wahlmanifest der Sozialdemokraten unterschrieben und dadurch das Mißfallen der politisch mehr rechts orientierten Kreise seiner vorgesetzten Behörde erregt.

XI

EIN THEATER ZUM ANZÜNDEN

Die Berufung des österreichischen Dichters Anton Wildgans zum neuen Burgtheaterdirektor hatte etwas Programmatisches. Wildgans war einer der Wortführer des Expressionismus, sein Drama „Dies irae" war von Heine herausgebracht worden, er vertrat in einer Ära materieller Krise und politischer Unsicherheit die geistigen Werte der Literatur, er bekannte sich zu Österreich, und in seinen Händen hätte das Burgtheater wohl zu einem kulturellen Kristallisationspunkt der jungen Republik werden sollen.

Die Bereitschaft, ihm diesen Anspruch zuzuerkennen, war keineswegs allgemein. Als im April 1926 das 150jährige Bestandsjubiläum des Burgtheaters gefeiert wurde, schrieb Alfred Polgar: „Je weniger das Burgtheater als Theater geführt wird, das eine besondere Kostbarkeit zu hüten hat — kein Mensch wüßte zu sagen, worin die heute eigentlich noch bestünde —, desto eher könnte es wieder ein besonderes Theater werden. Wer weiß, wie großen Nutzen es der alten Bühne bringen würde, wenn man, um sie nur von der Last an Traditionen und Assoziationen möglichst zu befreien, zu dem Frevel sich entschlösse, ihr einen anderen Namen zu geben." Dem Burgtheater fehlte, so Polgar, der Kaiser, und da dieser nicht mehr wiederkehren würde, sollte es sich entschließen, die ererbten Adelsprädikate abzulegen.

Andere gaben sich damit nicht zufrieden, sie forderten die Abschaffung des Burgtheaters überhaupt. Der Plan einer Fusionierung mit dem Volkstheater schien nur ein erster Schritt in dieser Richtung. Als der vom Völkerbund bestellte holländische Ersparungskommissär, der darüber zu wachen hatte, daß die der Republik gewährten Anleihen nutzbringend verwendet wurden, auf Verringerung des Defizits drängte, spielte man wiederholt mit dem Gedanken, das Burgtheater kurzerhand zu verpachten — Dr. Rudolf Beer, der Direktor des Raimundtheaters, machte dem Unterrichtsministerium auch ein entsprechendes Angebot, doch wollte er die Pensionslast nicht übernehmen. Als während einer der vielen Burgtheaterkrisen in der Ersten Republik 1931 wieder einmal über die leeren Theaterkassen geklagt wurde, meinte das „Neue Wiener Journal“: „Eine stattliche Armee von Steuerzahlern ist bereits entschlossen, die Lösung der Burgtheaterkrise durch Anzünden des Prunkbaues am Ring herbeizuführen.“

Der Steuerzahler, der womöglich nie in das Haus kam, fühlte sich durch das Theater belastet, und die Parteien wollten es sich mit den wahlberechtigten Steuerzahlern nicht verderben. Die Vorstellungen, die Heine und seine Nachfolger verbilligt an Parteiorganisationen abtraten, sollten einerseits ein neues Publikum ins Haus bringen, andererseits die staatstragenden Parteien der subventionierten Bühne gewogen erhalten.

In einer Zeit der Volksverelendung konnten es die Direktoren niemandem recht machen. Wollten sie kostspielige Engagements vornehmen, warf man es ihnen vor — unter Herterich mußte die Verpflichtung eines Eleven vom Ministerrat genehmigt werden! —, und bemühten sie sich nicht um Auffrischung, hieß es, das Ensemble werde unansehnlich. Der Steuerzahler verübelte es dem Burgtheaterdirektor, ob dieser nun einen elitären Spielplan zu verwirklichen trachtete oder niveaulose Unterhaltungsstücke spielte, um Geld in die Kassa zu bekommen. Die wiederkehrenden Direktionskrisen machten böses Blut — nicht zuletzt, da man vielfach mit Recht vermutete, daß Politiker im Burgtheater mitreden wollten, ohne sich für das Institut selbst zu interessieren. Als sich Hermann Thimig bei Bundespräsident Miklas für die Ernennung zum Kammerschauspieler bedankte, fragte ihn dieser: „Welche Partie haben Sie zuletzt in der Oper gesungen?“

25 *Rosa Albach-Retty und Josef Kainz in Gerhart Hauptmanns Drama „Der arme Heinrich“, 1908.*

Folgende Seite:

26 *Blanka Glossy und Alexander Girardi in Ferdinand Raimunds „Bauer als Millionär“, 1918.*

27 *Raoul Aslan als Mephisto.*
28 *Werner Krauß als Shylock im „Kaufmann von Venedig", 1943.*

Folgende Seite:

29 *Ewald Balser als General Ezra Mannon in O'Neills „Trauer muß Elektra tragen", 1938.*
30 *Albin Skoda als Torquato Tasso, 1955.*
31 *Josef Meinrad als Junker Bleichenwang in „Was ihr wollt", 1950.*
32 *Oskar Werner als Shakespeares Heinrich V., 1961.*

Wildgans, der sich zweimal zum Burgtheaterdirektor machen ließ, empfand Wien und das Burgtheater als Gegenpol zu Berlin: „Im Babylon des deutschen Nordens verquicken sich Oper und Sprechbühnen mit Tonfilmgesellschaften, um ihre Existenz sicherzustellen, und in unserem Phäakenland, in unserem Capua des Geistes, leistet sich die Armut den Luxus eines Unzeitgemäßen, das vielleicht — wer kann es wissen? — am Ende doch das Ewige ist." Als er 1921 zum erstenmal Burgtheaterdirektor wurde, gab es noch gar keinen Tonfilm — aber das hehre Institut verramschte seinen Fundus an die Stummfilmfirmen, sodaß manche Stücke nicht mehr aufgeführt werden konnten. Zum erstenmal tauchten in diesen Jahren auch Firmenreklamen auf dem Programmzettel des Burgtheaters auf.

Konzessionen blieben Wildgans nicht erspart, auch wenn er sich um einen literarischen Spielplan bemühte. Schon Heine hatte, der höfischen Fessel ledig, moderne Autoren zu Wort kommen lassen: neben dem schon toten, fürs Burgtheaterpublikum noch neuen Strindberg Shaw, Schnitzler, Wildgans, Beer-Hofmann, Hartleben, Sternheim, Unruh, Rittner und Georg Kaiser. Wildgans' moderne Autoren während seiner ersten Direktion 1921/22 hießen Werfel und Wildgans, Claudel und Heinrich Mann. Beide Male bekam er Schwierigkeiten wegen Shaw-Aufführungen: „Helden", ein Stück, das heutzutage als Musical verkauft wird, löste einen Streit mit dem militanten Generalintendanten aus, „Androklus und der Löwe" mußte 1931 abgesetzt werden, weil es als Verhöhnung der Kirche aufgefaßt wurde. Man möchte darüber lächeln, könnte man nicht in Hermann Thimigs Tagebuch nachlesen, daß einen Weltkrieg später, 1949, Marcel Pagnols „Aurelie" vom Spielplan des Akademietheaters verschwinden mußte, weil sich die Kirche durch einen im Stück vorkommenden, freidenkenden Pfarrer beleidigt fühlte.

Das Akademietheater erschloß Max Paulsen während seiner einjährigen Direktion dem Burgtheater als Filiale. Damit war die vermehrte Beschäftigung des Ensembles gesichert (und die

Kündigung einzelner Mitglieder verhindert), und es ließ sich ahnen, daß die Kammerbühne gewinnbringend zu führen war. Dennoch schlug sich Paulsens einzige Spielzeit in einem Bundestheater-Defizit von 24 Milliarden nieder. Die materielle Unsicherheit führte auch zu einer Verschlechterung des Betriebsklimas — gegen Paulsens strammes Regiment begehrten die alten Schauspieler mit einer Streikdrohung auf, gegen die Spielplangestaltung seines Nachfolgers Herterich protestierten prominente Darsteller, unter ihnen Paulsens Frau, Hedwig Bleibtreu.

Der Paulsen-Gegner Franz Herterich, der 1912 sein Burgtheaterengagement angetreten hatte, konnte sich sieben Jahre als Direktor halten. Von ihm hieß es, er habe das Vertrauen der bestimmenden Christlichsozialen Partei als Regisseur eines Mariazeller Passionsspiels gewonnen.

Als er seinen Posten antrat, war das Theater vom Börsenkurs abhängig, Hausse und Baisse schlugen sich im Besuch nieder. Bundeskanzler Seipels Stabilisierung der Währung 1924, die Einführung des Schillings an Stelle der Krone, das Anwachsen des Waren- und Unterhaltungsangebots — all das führte dazu, daß das Geld für den Besuch des Theaters, speziell des Burgtheaters, immer knapper wurde.

Ein neues Abonnementsystem, die Schaffung der Theatergemeinde und die Zusammenarbeit mit den Kunststellen der Parteien zielten darauf ab, dem Theater ein neues und ständiges Publikum zu gewinnen. Den Mitgliedern der Theatergemeinde standen (neben zehn Opernaufführungen) im Jahr zwanzig Burgtheatervorstellungen zu sehr ermäßigten Preisen zur Verfügung. 1926 hatte die Theatergemeinde bereits 2800 Mitglieder (1934 waren es schon 3600).

Man sprach von einer Eroberung des Hauses durch die vierte Galerie, gelegentlich wurde das Burgtheater gar schon als „Volks-Theater" bezeichnet. Aus der Neustrukturierung des Publikums, das mit den aristokratischen Logeninhabern von einst nur noch wenig Ähnlichkeit aufwies, erwuchsen zusätzliche, zum Teil auch künstlerische Probleme. Die Inszenierung wurde zur Ware, die möglichst rasch und oft umgeschlagen werden mußte. Die Nachfrage nach neuen Werken und neuen Darstellern stieg, die Stücke waren schneller abgespielt als zu Laubes Zeiten, und der Theatergemeinde-Besucher wollte nicht zwanzigmal im Jahr dieselben Gesichter sehen.

Das Abonnement erhöhte die Einnahmen, die Einnahmen in harter Währung wieder ermöglichten die Verpflichtung neuer Künstler. Herterich holte unter anderem Ewald Balser, Fred Hennings, Paul Hartmann, Werner Krauss, Willy Thaller und Hilde Wagener ins Haus. Sein Spielplan machte es dem neuen Publikum nicht allzu schwer, erst spät wandte er sich Schiller, Goethe und Grillparzer zu. Herterich bekannte sich zu österreichischen Autoren, vor allem zu Bahr, Schnitzler und Schönherr; er und nicht erst Röbbeling machte Nestroy und Raimund endgültig am Burgtheater heimisch. Nicht immer erntete er dafür Dank, Karl Kraus etwa referierte: „Bei ‚Lumpazivagabundus' ist es mir gelungen, mich soweit zu beherrschen, daß ich bloß in jeden sich irgendwann regenden Applaus hineingezischt habe . . ."

Gäbe es einen Preis für den unglücklichsten Burgtheaterdirektor, er wäre Anton Wildgans nicht zu nehmen. Bereits schwer krank, ließ er sich 1930 ein zweitesmal überreden, das Amt anzunehmen. Er wollte nicht nur seine Familie besser versorgen, sondern vor allem den „Geist des Burgtheaters" bewahren. Dieser war für Wildgans „der zur künstlerischen und sittlichen Weltanschauung gereifte Glaube an das kulturschöpferische Lebensprinzip des Burgtheaters, und dieses hinwiederum bedeutet Ehrfurcht vor dem Werk des Dichters, um seinetwillen rastlose Arbeit an sich selbst, unbedingte Einordnung der eigenen Leistung in das Konzert des Ensembles und schließlich, als das Wichtigste, das treue Festhalten an dem Gedanken der Ensemblekunst selbst!" Letztlich galt für Wildgans, was Berthold Viertel dem Hofrat Millenkovich nachgerufen hatte: „Das Theater duldet keine Naivitäten!"

Wieder blieben Wildgans nur anderthalb Jahre, nicht genug, um den schönen Worten auch die entsprechenden Taten folgen zu lassen. Seine Bemühungen um einen aktuellen Spielplan, der Schnitzler, Werfel, Csokor und Zuckmayer umfaßte, wurden sichtbar, aber seine Situation war unhaltbar. Vier Monate nach seinem freiwilligen Ausscheiden starb er — am Burgtheater, wie behauptet wurde.

Zu Wildgans' Unglück fiel seine zweite Direktion in eine Zeit, in der die Leute jeden Schilling dreimal umdrehen mußten, ehe sie ihn fürs Theater ausgaben — und da stellten Reinhardts Theater in der Josefstadt und Beers Volkstheater eine starke Konkurrenz dar, ganz zu schweigen von der Attraktivität des Kinos und des Sports, des Wunderteams. Der große Bankkrach, die Wirtschaftskrise machten Abertausende arbeitslos, und der Theaterkassier bekam das Elend als erster zu spüren.

Das Wildgans-Jahr 1931 brachte ein Defizit von 7 Millionen Schilling; diesem stand nur ein Zuschuß von 4,3 Millionen gegenüber. Das Geld, das fehlte, sollte durch Gagenkürzungen, Verringerung des Personalstandes, Abstriche bei den Pensionen und Abschaffung der lebenslänglichen Verträge hereingebracht werden.

Einen feinsinnigen, aber weltfremden Direktor konnte sich das Burgtheater in dieser Situation nicht leisten. Otto Falckenberg, einen der Kandidaten, ließ man wissen, in ruhigen Zeiten wäre die Wahl auf ihn gefallen, jetzt aber brauche man vor allem einen geschäftstüchtigen Organisator. Dieser Mann war Hermann Röbbeling.

Direktor Röbbeling, der aus Hamburg kam, wurde von seinen Zeitgenossen unterschätzt. Er sanierte das Burgtheater, er machte es populär, ohne im Künstlerischen eine Niveausenkung zu dulden. In den sechs Jahren seiner Direktion hatte Shakespeare elfmal Premiere, Schiller und Hauptmann siebenmal, Goethe und Grillparzer sechsmal. In Zyklen, wie sie später auch Ernst Haeusserman machte, brachte er die Stimmen der Völker im Drama zu Gehör: Calderon, Goldoni, Molière, Madach, Krasinski, Tolstoi, O'Neill. Er spielte das Alte wie das Neue, das politische Zeitstück wie die zeitgemäße Unterhaltungsware. Daß ihm ausgerechnet die beiden großen deutschsprachigen Dramatiker jener Jahre entgingen, war erklärlich — weder Bert Brecht noch Ödön von Horváth waren in einem christlichsozialen Ständestaat, den bereits die Nationalsozialisten unterwanderten, besonders willkommen.

Das Theater war für Hermann Röbbeling — unter anderem — ein Dienstleistungsbetrieb. Regelmäßige Bahn- und Autobusfahrten für Theaterbesucher gehörten genauso zum Service wie die Installation einer Lüftungsanlage für den Stehplatz. Andere Staatsbetriebe wurden für den Kundendienst herangezogen: Theaterbesucher erhielten 25 Prozent Ermäßigung von den Bundesbahnen, das Theater selbst bot Gästen von auswärts die Karten billiger an. Für die Schulen außerhalb Wiens wurden Autobusverbindungen geschaffen, im Rahmen eines Schülerabonnements wurde zweimal in der Woche nachmittags gespielt. 146 solcher Schülervorstellungen, in der Hauptsache Klassiker, fanden statt.

Hatte man im ersten Jahr seiner Direktion noch erwogen, das Akademietheater zu schließen, so bewies Röbbeling, daß die Filialbühne als Einnahmequelle unentbehrlich war. Innerhalb eines Jahres steigerte sich die Zahl der Besucher im Akademietheater um 26 Prozent (im Burgtheater um 10 Prozent). Das Abonnementsystem in beiden Häusern wurde ausgeweitet. Am Ende der Spielzeit 1933/34 hatte sich die Zahl der Abonnements und der Theatergemeindemitglieder gegenüber Jänner 1931 verdoppelt.

Die Vielzahl von Premieren — allein im ersten Direktionsjahr 42 — ermöglichte es Röbbeling, neue Kräfte einzusetzen, ohne die bewährten vor den Kopf zu stoßen. Maria Eis trat ihr Engagement an, Werner Krauss wurde endgültig verpflichtet, Nora Gregor, Heinz Woester, Fred Liewehr und Hermann Thimig wurden engagiert, renommierte Künstler, wie Paula

Wessely, Albert Bassermann, Ernst Deutsch und Paul Wegener, gastierten. Röbbeling gewann dem Burgtheater Regisseure wie Herbert Waniek, Josef Gielen, Adolf Rott und Ernst Lothar, Bühnenbildner wie Emil Pirchan, Stefan Hlawa, Fritz Judtmann und Willi Bahner. Es wurde in seiner Direktionszeit viel und gediegen gearbeitet.

Daß es Röbbeling glückte, dem Burgtheater einen anerkannten Platz im Leben der Stadt und des Staates, vor allem aber beim Publikum zu gewinnen, war doppelt erstaunlich, weil der Alltag der Menschen in Österreich damals schwer und von Politik überschattet war. Die wirtschaftliche Verelendung des Volkes, der Parteienhader, der zum Bürgerkrieg und zur politischen Entmündigung eines großen Teiles der Wähler führte, die Atmosphäre von Mißtrauen und Mord — all das war nicht dazu angetan, kulturellen Ereignissen Wichtigkeit zuzubilligen.

Die Zukunft des Staates, von der die Zukunft des Burgtheaters abhing, schien ungewiß. Als Hermann Thimig 1934 im Konversationszimmer offen über Hitler sprach, wurde er sich dessen bewußt, daß sich unter den Burgschauspielern bereits eine nationalsozialistische Zelle gebildet hatte. Worauf es der Schwager Max Reinhardts vorzog, künftig den Mund zu halten. Wie gut er daran tat, erwies sich im März 1938, als die deutschen Truppen, begeistert begrüßt, in Österreich einrückten.

Röbbelings Hinauswurf vollzog sich prompt, noch am 12. März. „Um zehn Uhr hat er noch aus dem Büro angerufen, um Viertel elf schon aus dem Automaten", erzählte seine Frau.

XII

DAS ZWEIFACHE ÜBERLEBEN

Im Jahr 1938 drohte dem Burgtheater die ideelle, im Jahr 1945 die materielle Zerstörung. Es hat beide Bedrohungen überlebt, wie immer man es heute einschätzen mag.

Auf den Sessel, den Röbbeling räumen mußte, setzte sich sogleich ein Autor, der sich schadlos dafür halten wollte, daß es ihm die Stadtverwaltung kurz vorher verwehrt hatte, ein judenfreies Theater zu eröffnen. Hermann Thimig stellte fest: „Auf dem Direktionssessel des Burgtheaters, auf dem einst mein Vater saß, thronte jetzt in SA-Uniform, in Reithosen und Stiefeln, im braunen Hemd mit der Hakenkreuzarmbinde Herr Mirko Jelusich."

Jelusich fühlte sich als Arisierer und führte sich auch als solcher auf. Er brachte seinen eigenen „Cromwell" auf den Spielplan des Burgtheaters — bei der Premiere war er allerdings schon nicht mehr Direktor.

Seine Machtergreifung war symptomatisch. Das Burgtheater geriet in Gefahr, allzu national, das heißt: provinziell zu werden. Nicht nur, daß die Werke jüdischer Autoren, wie Hofmannsthal und Schnitzler, später auch jene von Autoren aus den „Feindstaaten" nicht mehr aufgeführt werden durften, konnte die Direktion nicht umhin, völkische Dramen aufzuführen, die den neuen Machthabern genehm waren. Gestalten wie Gneisenau und Sickingen, der deutsche Heinrich und der Prinz von Preußen eroberten die Bühne, deren Programm einst die Weltliteratur gewesen war.

Überdies schien das Burgtheater zur Zweitrangigkeit verurteilt, denn es war vorauszusehen, daß die deutschen Kunstbehörden die Berliner Bühnen bevorzugen würden.

Der neue Direktor hieß Lothar Müthel und kam selbst vom Berliner Staatsschauspielhaus Gustaf Gründgens'. Er sollte Jelusich bereits nach vier Monaten ablösen, als er wegen eines Autounfalls den Posten nicht gleich übernehmen konnte, führte Ulrich Bettac bis April 1939 provisorisch die Direktionsgeschäfte. Zwei Regisseure machten sich damals bemerkbar: Adolf Rott und Josef Gielen. Beide wurden nach dem Krieg Burgtheaterdirektor.

Müthel verhinderte nicht nur, daß das Ensemble, dessen jüdische Mitglieder ausscheiden mußten, noch weiter geschwächt wurde, er ergänzte es durch hervorragende Künstler, die er aus Berlin nach Wien holte, wie etwa den Geniekopf Horst Caspar und die vollblütige Käthe Dorsch.

Die von Göring protegierte Dorsch mußte übrigens dafür büßen, daß sie die Rolle einer jüdischen Schauspielerin beschlagnahmte. Als sie 1939 während der „Reichstheaterfestwochen" am Ring die Maria Stuart spielte, blieb es nach der Gartenszene bedrohlich still — ihrer Rollenvorgängerin Else Wohlgemuth hatte das Publikum an dieser Stelle stets applaudiert. In die Stille hinein kam ein vereinzelter Ruf von der Galerie: „Bravo, Eis!", er galt der Elisabeth von Maria Eis. Was die Maria Stuart betraf, hielten die Wiener der entfernten Else Wohlgemuth die Treue. Als die Dorsch nachher am Bühnentürl um Autogramme gebeten wurde, sagte sie wütend: „Das werdet ihr euch erst verdienen müssen!"

Die Bereitschaft einzelner Schauspieler, sich dem Regime anzubiedern, war vorhanden. Als einige Burgschauspieler zum Nachtmahl mit Hitler ins Hotel Imperial befohlen wurden, mußten sie peinlich berührt mitanhören, wie ihr Kollege Ferdinand Maierhofer den „Führer" fortwährend mit „Mein Himmelvater" anredete. Andererseits kündigte Müthel dem Schauspieler Otto Hartmann, der einen Kollegen bei der Gestapo denunziert hatte — die übrigen Ensemblemitglieder hatten sich in einer Eingabe geweigert, mit dem Denunzianten aufzutreten! Müthel selbst war daran gelegen, gutes Theater zu machen; der Partei, die ihn auf seinen Posten berufen hatte, konnte er sich nicht immer entziehen. Als Baldur von Schirach 1942 den „Kaufmann von Venedig" im Burgtheater zu sehen wünschte, übernahm Müthel den Auftrag, weil ihn, wie er sagte, „die Theaterprobleme, um die es sich dabei handelte", interessierten. Shakespeares Text wurde den nazistischen Rassengesetzen angepaßt, und Werner Krauss gab als Shylock eine antisemitische Demonstration — und das Publikum jubelte ihm zu! „Aus der Hand einer beliebten Person frißt Österreich Gift wie Caviar", hatte Ferdinand Kürnberger einst bemerkt, und Werner Krauss war eine beliebte Person.

Das Burgtheater in der nationalsozialistischen Ära, im Krieg: das waren vor allem großartige Klassikerabende. Die Machthaber befürworteten diesen Spielplan, Goethe und Grillparzer, Schiller und Shakespeare schenkten ihnen beim Mittelstand biedere Reputation, und außerdem ließen die alten Dramen vergessen, wie dürftig die dramatische Produktion der parteitreuen Autoren war. Und den ausübenden Künstlern blieb die Illusion, inmitten ideologischer Verhetzung Oasen des Geistes zu errichten. Die Klassikeraufführungen hatten eine beruhigende, einschläfernde Funktion, und daß formalistische Experimente ausgeschaltet wurden, verstärkte diesen Eindruck noch.

Während an den Fronten gestorben und in den KZs gemordet wurde, hatte das Burgtheater stärkeren Zulauf als zuvor. Das Publikum, um das Röbbeling geworben hatte, kam weiterhin, Organisationen wie „Kraft durch Freude" und die „Deutsche Arbeitsfront" boten Theaterkarten an, die oft nicht einmal eine Mark kosteten, Hitler-Jugend und Partei schickten ihre Mitglieder verbilligt ins Theater, Soldaten auf Heimaturlaub erhielten Ermäßigung. Manche andere Unterhaltungsmöglichkeit fiel weg, die Leute hatten Arbeit und Geld, ohne daß das Warenangebot dem Geldumlauf entsprach.

Dazu kam, daß die gediegene schauspielerische Qualität der Aufführungen das Publikum anzog. Müthel hatte ein hervorragendes Ensemble zur Verfügung, und daß die wienerische Komponente dieses Ensembles, in welcher Absicht auch immer, besonders hervorgekehrt wurde, fand den Beifall der Zuschauer. Paul Hörbiger trat damals am Burgtheater auf, und Herbert Waniek erhielt Gelegenheit, zusammen mit Hermann Thimig seinen Inszenierungsstil für Raimund und Nestroy zu erarbeiten. Als der Burgtheatervorhang im September 1944 nicht mehr aufgehen durfte, war das Burgtheater in seiner Substanz erhalten. Gefährdeter war es in seiner baulichen Existenz, als am 12. April 1945 das vorher schon durch Bombentreffer beschädigte Gebäude ausbrannte. Semper, von dem die ersten Pläne für den Theaterbau stammten, hatte seinerzeit erklärt: „Jedes Theater muß nach sechzig Jahren entweder umgebaut werden — oder es brennt ab!“ Das Burgtheater hielt sich daran.

Das Schicksal hatte den Staatsbürgern, die 1931 bereitgestanden waren, das teure Haus anzuzünden, die Arbeit gerade in dem Moment abgenommen, da aus der Ostmark wieder die Republik Österreich wurde. Aber was machte der Staatsbürger? Er ließ es sich in schwerster Notzeit nicht nehmen, die „prunkhafte Gruft“ mit viel Blattgold für 114 Millionen Schilling wieder aufzubauen. Das Burgtheater, jahrzehntelang für überflüssig gescholten, wurde zum unabdingbaren nationalen Besitz erklärt. So wie die österreichische Nation, die vor 1918 nur eine monarchische Grundlage gehabt hatte, sich erst nach der Erfahrung des Anschlusses an Deutschland selbst entdeckte.

Acht Tage nach der Zerstörung des Hauses, am 20. April 1945, kamen die in Wien verbliebenen Burgtheatermitglieder vor der ausgebrannten Ruine zusammen. Lothar Müthel legte vor den Kollegen sein Amt nieder, man wählte Raoul Aslan zum neuen Direktor und machte sich auf die Suche nach einem Ausweichtheater. Man fand es im Varieté Ronacher, das aus Laubes einstigem Stadttheater entstanden war.

Die russische Besatzungsmacht, die den Burgtheaterdirektor Aslan ebenso anerkannte wie der österreichische Unterrichtsminister, verlangte die Wiederaufnahme des Spielbetriebs noch vor dem 1. Mai. Tatsächlich fand am 30. April die erste Vorstellung statt: Grillparzers „Sappho" mit Maria Eis in der Titelrolle. Da das Bühnenbild verbrannt war, hatte Fritz Judtmann vor schwarzem Samthintergrund eine stilisierte Dekoration angedeutet. Die Eröffnungsvorstellung mußte nach zehn Minuten von vorne begonnen werden — der russische Feldmarschall Tolbuchin hatte sich verspätet.

Die Wiener, die damals doch wirklich andere Sorgen hatten, drängten in die Notunterkunft des Burgtheaters. Siebzehnmal wurde „Sappho" vor ausverkauftem Haus gespielt, obgleich die Vorstellung schon um 17.30 Uhr anfangen mußte — ab 20 Uhr herrschte Standrecht. Stücke von Nestroy und Kotzebue wurden wieder aufgenommen, am 19. Mai eröffnete auch das Akademietheater wieder, mit Ibsens „Hedda Gabler", und am 13. Juni kam als erste Neuinszenierung nach dem Krieg im Ronacher der „Jedermann" heraus; Müthel führte Regie, Aslan spielte die Titelrolle. Im Herbst kam mit dem Redoutensaal sogar noch ein dritter Spielplatz hinzu.

Das Publikum nahm an diesem Neubeginn auch insofern aktiven Anteil, als es Kleider, Stoffe, Accessoires und dergleichen, das es über den Krieg gerettet hatte, dem Burgtheater spendete, um den zerstörten Fundus zu ersetzen. Nicht wenige Zuschauer sahen ihre Spenden auf der Bühne wieder, und in manchen Familien werden heute noch die Briefe aufbewahrt, mit denen Aslan den Spendern dankte.

Mit seiner erfahrenen Weisheit und seinem eloquenten Charme führte Raoul Aslan das Burgtheater durch die schweren Zeiten. Er bezog kein Direktorsgehalt, sondern begnügte sich mit der damaligen Höchstgage eines ersten Schauspielers von 5000 Schilling. Obgleich die Jahresmiete für das Ersatzhaus rund 300.000 Schilling ausmachte, brachte Aslan es fertig, die Spielzeit 1945/46 ohne Defizit abzuschließen, ein Kunststück, das ihm keiner mehr nachgemacht hat.

Wien war in jenen ersten Nachkriegsjahren, da die deutschen

Theaterstädte stark gelitten hatten, Zentrum und Zuflucht zugleich. Zum Stammensemble stießen Schauspieler, die aus der Emigration heimkehrten, und andere, die es vorzogen, zunächst nicht nach Deutschland zurückzukehren. Lothar Müthel und Oscar Fritz Schuh, Walter Felsenstein und Leopold Lindtberg inszenierten am Burgtheater, Albin Skoda, Lindtbergs Hamlet und Felsensteins Franz Moor, spielte neben Helene Thimig und Maria Becker, hinter Rudolf Forster und O. W. Fischer kündigten sich die großen Talente Josef Meinrad und Oskar Werner an.

Das Publikum, das wieder mit seinem Geld nichts anfangen konnte, weil die Geschäfte leer waren, investierte in Kultur, holte nach, was ihm vorenthalten worden war. Die moderne Weltdramatik, O'Neill, Anouilh, Giraudoux, Cocteau, war ebenso zu entdecken wie das Werk verboten gewesener heimischer Autoren: Csokor, Hofmannsthal, Schnitzler, Beer-Hofmann und, ein neuer Name, Fritz Hochwälder.

Als Erhard Buschbeck, der gute Geist des Burgtheaters seit Jahrzehnten, im März 1948 auf ein halbes Jahr die Direktion übernahm, weil Aslan allzu geschwächt schien, ging er auf dem eingeschlagenen Weg weiter. Jüngste Vergangenheit erreichte die Bühne mit „Des Teufels General" von Zuckmayer, und vollends deutlich wurde die Wendung zum Zeitgenössischen, als Josef Gielen Direktor wurde.

Die Zahl der Theaterbesucher war bereits rückläufig, denn nach der Währungsreform war der Schilling wieder etwas wert, und in den Geschäften füllten sich die Regale. Während die Zuschauer ihren materiellen Nachholbedarf deckten, blieben die Bühnen auf ihrem künstlerischen Angebot sitzen. Das Schlagwort „Theaterkrise" ging um.

Gielen, „der anonymste Burgtheaterdirektor, den Wien je gesehen hat", begegnete ihr mit Aktualität und Qualität. Er schöpfte noch einmal aus dem vollen, ehe die Zahl der ungespielten wichtigen Stücke zusammenschrumpfte und ehe die Darsteller zum Film, zum Fernsehen entliefen. Er hatte einen atemberaubenden Spielplan und ein entsprechendes Ensemble dazu.

Shakespeare lieferte das Rückgrat des Repertoires, es gab viel Shaw, neben Goethe und Schiller rangierten, noch vor Grillparzer, Hauptmann und Nestroy, vor allem aber brachte die Direktion die erregende Begegnung mit so unterschiedlichen Zeitgenossen wie Arthur Miller, Tennessee Williams, T. S. Eliot, Christopher Fry, Friedrich Dürrenmatt, Carl Zuckmayer, Fritz Hochwälder, Jean Anouilh, Jean Cocteau, Edoardo di Filippo, dem toten Garcia Lorca und dem jungen Österreicher Harald Zusanek.

Ein großer Regisseur wie Berthold Viertel, „die Oase in der regielosen Wüste des österreichischen Theaters", widmete dem Burgtheater seine letzten Jahre, schuf — mit Käthe Gold vor allem — exemplarische Aufführungen: „Die Glasmenagerie", „Endstation Sehnsucht", „Die Kronbraut". Gielen selbst brachte Ferdinand Bruckners „Elisabeth von England" mit Maria Eis und Werner Krauss zu höchster Wirkung, Ernst Lothar kehrte als Regisseur mit österreichischer Note wieder.

Im Ensemble wimmelte es von Persönlichkeiten, und sie blieben zumeist das ganze Jahr, fügten sich ein, spielten mitunter auch kleinere Rollen. Ewald Balser stand in einer Saison nicht weniger als 189mal auf der Bühne, Oskar Werner 183mal, ähnlich häufig O. W. Fischer und, nachdem sein Auftrittsverbot aufgehoben worden war, Werner Krauss, die überragende Erscheinung der folgenden Jahre.

Später sagte Krauss einmal einem jungen Kollegen: „Es gibt ein dreifaches Unglück im Leben eines Schauspielers: Wenn er ans Burgtheater kommt, wenn er es verläßt und wenn er wieder kommt", im November 1948, als er in einer belanglosen Deval-Komödie wiederkehren durfte, bedeutete es ihm viel, und er lohnte es dem Burgtheater.

Paula Wessely und Attila Hörbiger stießen zum Ensemble, Hans Moser hatte in „Liebelei" als alter Weiring einen herzzerreißenden Auftritt, die Christine dieser Aufführung hieß

Inge Konradi, und Robert Lindner war ihr Partner. Ernst Deutsch kam wieder, und Heinrich Schweiger machte auf sich aufmerksam, Curd Jürgens reifte unter Viertels Anleitung, und die blutjunge Johanna Matz leuchtete auf. Und bei allen, Deutsch vielleicht ausgenommen, hatte man das Gefühl, daß sie ganz dazugehörten, daß ihre Mitwirkung nicht vom Fahr- oder Flugplan abhängig war. Unter Haeussermans Direktion, die fallweise ähnliche Prominenz auf der Burgtheaterbühne versammelte, war das schon anders; da konnte es geschehen, daß Curd Jürgens den Galileo Galilei Brechts eines Abends hastig abspulte, um nur ja den Zug ins nächste Engagement zu erreichen.

Das Burgtheater unter Josef Gielen bot sich im Vergleich zur zerstörten deutschen Theaterlandschaft, in der nur Gründgens vergleichbare Anziehungskraft besaß, als eine heile Welt dar, die mit Klassikervorstellungen zum halben Preis, mit Werbeaktionen und Starglanz die Zuschauer anlockte. Noch war der Mechanismus des bürgerlichen Theaters nicht in Frage gestellt, im Gegenteil, ein Publikum, das eben dabei war, sich neu einzukleiden, betrieb die Restaurierung zerstörten Prunks. Ein Provisorium erwies sich als lebensfähig, und dennoch gab es, anders als vor 1888, keine Stimme, die der Übersiedlung in das Haus am Ring die Notwendigkeit absprach. Die Perfektion des Theaterspielens, wie sie im Ronacher geboten wurde, schien dem Publikum einfach nach dem gültigen Rahmen zu verlangen, und den erhoffte man sich vom wiederaufgebauten Visavis des Rathauses.

Gielen entzog sich der Aufgabe, sein Ensemble in diesen Rahmen zu verpflanzen. Der Mann, der sich vordrängte, um bei der Wiedereröffnung des Burgtheaters Direktor zu sein, war Adolf Rott.

XIII

ZURÜCK IM GOLDPALAST

„So haben wir nun nach runden zehn Jahren die letzte Burgtheaterpremiere im Ronacher erlebt, und fast war's uns schon gestern weh um's Herz, wenn wir vorwegnehmend unser späteres sentimentales Erinnern ahnten, uns sagen hörten: ‚Ja, damals im Ronacher!' Ein letztes Mal haben wir fast zärtlich unter der Akustik gelitten, die künftig nicht mehr herhalten kann, wenn der Text unverständlich bleibt."

Was der Kritiker Hans Weigel im Mai 1955 anläßlich der „Kabale und Liebe"-Premiere schrieb, ließ erkennen, daß man der Zukunft des Burgtheaters im wiederaufgebauten Haus nicht ohne Bangen entgegensah. Keiner wollte ernsthaft am Ronacher-Provisorium festhalten, aber keiner wußte auch, wie es am Ring weitergehen würde, und das hatte nicht nur mit dem goldverzierten Bau zu tun; man spürte eine Zäsur, man konnte absehen, daß die Zeit des Ensembles abgelaufen war, und manch Großer, den nicht der Film oder ein anderes Theater holte, wurde vom Tod abengagiert.

Im selben Mai, in dem Abschied vom Ronacher genommen wurde, war der Staatsvertrag unterzeichnet worden. Neunzig Tage später verließen die letzten Besatzungssoldaten das Land, Österreich war endlich wieder frei, und in dieser Hochstimmung wurde die Wiedereröffnung des Burgtheaters gefeiert. Rott hatte den Wettlauf mit der Staatsoper gewonnen, drei Wochen vor dieser wurde das Burgtheater seiner Bestimmung zurückgegeben. Sechs Jahre lang war am Wiederaufbau gearbeitet worden, der Architekt Michael Engelhart hatte die Neugestaltung des Zuschauerraumes genützt, die Bühnentechnik war auf den letzten Stand gebracht worden.

Das Interesse, das die Wiedereröffnung fand, ging über das Kulturelle weit hinaus. Sie war eine patriotische Tat, ein Akt nationaler Selbstbestätigung, und ganz so klangen auch die Reden beim Festakt am 14. Oktober 1955; Werner Krauss, Raoul Aslan und Hermann Thimig boten zu diesem Anlaß Goethes Vorspiel auf dem Theater. Am Abend darauf, bei der Eröffnungspremiere, harrten Tausende vor dem festlich beleuchteten Theaterbau aus, um die Festgäste — die Zeitungen hatten Sitzpläne veröffentlicht, denen man entnehmen konnte, wer wo saß — bei der An- und Abfahrt zu bestaunen. Österreich saß an diesem Abend, wenn nicht im Burgtheater, vor dem Bildschirm, um die Fernsehübertragung von Grillparzers „König Ottokar“ mitzuerleben.

Nachher konnte man in den Zeitungen lesen: „Hat der Österreicher dazu zehn Jahre lang Opfer gebracht für den Wiederaufbau seiner kriegsversehrten Musentempel? Hat er es verdient, daß von der ersten Premiere im alt-neuen Burgtheater nicht viel anderes zurückbleibt als der Wunsch, sie möge nicht wahr gewesen sein?“

Adolf Rott, dem Regisseur dieser Aufführung, dem Direktor des Hauses, wurde diese verunglückte Eröffnungspremiere nie verziehen. Ihr waren lange Diskussionen vorausgegangen, in denen man darüber gestritten hatte, ob dem Österreicher Grillparzer bei dieser Gelegenheit der Vorrang vor Goethe und Schiller gebührte. Daß nun erst eine Woche später Gielens „Don Carlos“-Inszenierung mit Oskar Werner und Werner Krauss zur eigentlichen, zur Befreiungs-Premiere des neuerstandenen Hauses wurde, ging auf Rotts Konto.

Rott hatte ein Jahr Zeit gehabt, die Übersiedlung vorzubereiten. Die Saison dazwischen hatte man hingenommen, als sparte sich das Ensemble fürs große Haus auf. Man anerkannte Rotts guten Willen, österreichische Autoren vorzustellen, auch später am Ring. Seine austriakischen Fleißaufgaben wurden jedoch zu einer Belastung — elf neue österreichische Stücke in vierzehn Spielmonaten, das konnte nicht gutgehen!

Gelegentlich ließen große Schauspielerabende die Spielplanmisere vergessen: Käthe Dorsch und Paula Wessely in „Maria Stuart", Attila Hörbiger und Alma Seidler in O'Neills „Eines langen Tages Reise in die Nacht", Werner Krauss im „Bruderzwist" und, zum Abschied, schon zerstört, ja sterbend, als König Lear — „die Bühne ist keine Hofbühne mehr, und um ihren Ruf als Musteranstalt ist es nicht eben wohl bestellt", wandelte Hans Weigel zu diesem Abend ab, was Stifter über einen „Lear" mit dem alten Anschütz geschrieben hatte, und er meinte den Regisseur, der auch der Direktor war.

Der Burgtheaterdirektor Rott hörte seltsamerweise auch auf, ein guter Burgtheaterregisseur zu sein, ob er den „Lear" inszenierte oder den „Faust", es ging ihm daneben. Er brachte zahlreiche Uraufführungen, zwei allein von Hochwälder, aber es trug ihm nichts ein, vielmehr wurde ihm vorgerechnet, was er an österreichischen Werken neu oder wiederzuentdecken unterlassen hatte, daß Herzmanovsky-Orlandos „Kaiser Joseph und die Bahnwärterstochter", Hofmannsthals „Unbestechlicher" Wien erst nach Deutschland erreichten. Die Regie stagnierte, das Ensemble verfiel in Routine, das Talent einiger Junger, die er engagierte, wie Erika Pluhar und Ernst Anders, machte sich erst für seine Nachfolger bezahlt — Rotts Rolle war ausgespielt, ehe sein Vertrag noch abgelaufen war. Während er sich bemühte, seine letzte Saison mit Anstand hinter sich zu bringen, kaufte sein Nachfolger Ernst Haeusserman bereits für die Saison 1959/60, was gut und teuer war.

Haeusserman verstand es, das Burgtheater zu einer patriotischen Angelegenheit und zugleich weltoffen zu machen. Er tat viel weniger für die österreichischen Autoren als Rott, denn er hatte erkannt, daß es dem Wiener Publikum letztlich egal ist, wer ein Stück geschrieben hat, wenn es nur gut ist und gut gespielt wird. Haeussermans Direktion mußte den Wienern einfach gefallen: Sie lief darauf hinaus, daß fürs Burgtheater das Beste gerade gut genug sein müsse.

Das Qualitätsprinzip wurde durchaus konservativ angewandt. Haeusserman erweckte traditionelle Kategorien zum Leben, die man anderwärts bereits beiseitegelegt hatte: das Ensembletheater etwa oder die zyklische Spielplangestaltung. Als er im September 1959 sein Amt antrat, gab er zu verstehen, daß er den von ihm vielzitierten Ensemblegeist tatsächlich durchsetzen wollte — er machte Anstalten, sich von Käthe Gold zu trennen, als diese eine kleinere Rolle zurückgab, und er entließ die eben gewonnene Hilde Krahl aus dem Ensemble, als ihr ein Filmangebot allzu wichtig schien.

Später wurde der Direktor nachgiebiger, dem Druck der vierhundert Urlaubsansuchen, die jährlich an ihn herangetragen wurden, konnte auch er nicht widerstehen. Und die Zyklen, die er glanzvoll angefangen hatte, rannen lustlos aus. Die prominenten Geister, die er gerufen hatte, wurde er nur allzu leicht wieder los.

Für die szenische Gestaltung des Antike- beziehungsweise des Raimund-Zyklus hatte er zwei große österreichische Künstler, Fritz Wotruba und Oskar Kokoschka, gewonnen. Wotruba schuf eine wuchtige Quaderkulisse für die antiken Dramen, die Rudolf Bayr übersetzt hatte, und unter Gustav Rudolf Sellners Regie traten dem Publikum nicht nur die Besten des Stammensembles, wie Martha Wallner, Albin Skoda, Josef Meinrad und Walther Reyer, entgegen, sondern auch neugewonnene Künstler: Maria Wimmer, Heidemarie Hatheyer, Joana Maria Gorvin, Erich Schellow und Boy Gobert. Typisch, wie das große Unternehmen versickerte; Sellner hatte keine Lust mehr, die „Orestie" zu machen, und so ließ man es bleiben. Ähnlich erging es dem Raimund-Zyklus, dessen Kokoschka-Dekorationen anfangs den Blick auf eine neue Raimund-Welt freigaben — und bei den letzten Stücken ganz ausblieben.

Zum 400. Geburtstag Shakespeares konnten 1964 tatsächlich alle Königsdramen in Szene gehen, aber um diesen Zyklus komplett vorweisen zu können, mußte Haeusserman den Falstaff, Hermann Schomberg, der zürnend vom Burgtheater geschieden war, untertänig nach Wien bitten, „Heinrich IV.", der Höhepunkt des von Lindtberg inszenierten Zyklus, war im übrigen längst umbesetzt: Skoda war gestorben, Oskar Werner im Streit mit der Direktion geschieden.

Haeusserman holte viele, die nicht blieben: Wilhelm Borchert, Will Quadflieg, Heinz Rühmann, Hans Christian Blech, Curd Jürgens, Romuald Pekny, Peter Mosbacher, Michael Heltau, Helmut Lohner, Peter Weck und Thomas Holtzmann. Aber manche, wie Klaus Jürgen Wussow, Sebastian Fischer, Heinz Reincke, Paul Hoffmann, Blanche Aubry und Sonja Sutter, blieben, wurden seßhaft und ein Gewinn für das Ensemble.

Haeusserman brachte, von Werner Düggelin und Günther Rennert bis Otto Schenk und Otomar Krejca, auch neue Regisseure, er brachte Leben ins Haus. In seinem Streben nach Perfektion bescherte er dem Publikum mitunter unvergeßliche Abende: Anouilhs „Becket“ mit Oskar Werner und Heinrich Schweiger, Schnitzlers „Weites Land“ mit dem Ehepaar Hörbiger-Wessely oder Pirandellos „Sechs Personen suchen einen Autor“. Er fügte immer wieder Österreichisches ein, acht Grillparzer-Premieren, nie zuvor am Burgtheater Gespieltes von Raimund und Nestroy, heimelige Kuriositäten von Kringsteiner und Herzmanovsky-Orlando. Und die Wiener genossen, was von kritischen Zugereisten als kulinarisches Theater abqualifiziert wurde.

„Das Burgtheater, so glaubte ich, muß einmal aus dem Teufelskreis des Theater-Establishments herauszutreten versuchen“, schrieb der Direktor später. Auf den ersten Blick mutete es an, als wollte er das Burgtheater im Establishment einzementieren.

Allerdings, er suchte den Anschluß an die Gegenwart, holte, was seinem Publikum schmeichelte, sogar Ur- und Erstaufführungen nach Wien. Der Ruf Wiens als „Nachspielstadt“, der Rott zum Vorwurf gemacht worden war, wurde widerlegt.

Das Burgtheater unter Haeusserman spielte neue Stücke von Arthur Miller („Zwischenfall in Vichy“, „Nach dem Sündenfall“, „Der Preis“), von John Osborne („Richter in eigener Sache“) und Friedrich Dürrenmatt („Die Physiker“), es brachte

Fritz Hochwälders „Befehl“ und von Günter Grass „Die Plebejer proben den Aufstand“ heraus, es holte die Dramatiker Bert Brecht und Ödön von Horváth nach und riskierte Proben absurden Theaters von Eugene Ionesco, Francois Billetdoux und Georges Schéhadé. Edward Albees „Empfindliches Gleichgewicht“, Tom Stoppards „Rosenkranz und Güldenstern“ und Josef Topols „Fastnachtsende“ wurden im Akademietheater zum Erlebnis.

Haeusserman erwies sich als überaus geschickter Einkäufer, aber er wußte sich auch gut zu verkaufen. Er schickte das Burgtheater in die Welt hinaus, in seiner Ära gastierte es in Israel und in New York, in Moskau und in Tokio, in Paris und in Berlin, in Brüssel und in Warschau, in Athen und in Bern. Während im Fernen Osten, jenseits des Atlantiks die Zuschauer mit Burgtheater-Leckerbissen gefüttert wurden, waren daheim die Abonnenten zeitweilig auf schmale Kost gesetzt. Haeusserman sah in dieser Welttournee des Burgtheaters seine große Tat und widmete ihr sogar ein Buch.

Als Haeusserman nach zehn Jahren seinen Vertrag auslaufen ließ, hatte das Burgtheater zweifellos an Renommee gewonnen, auch wenn sich gerade am Ende seiner Direktion zeigte, daß er den angepeilten Standard nicht halten konnte. Er hatte Welttheater gespielt, und die Steuerzahler, die dafür aufzukommen hatten, hatten es sich gern gefallen lassen — nicht zuletzt, weil er auf die Schauspieler setzte.

Gielen hatte das Burgtheater aus der Isolation herausgeführt, unter Rott war es in die Gefahr der Verprovinzialisierung geraten, Haeussermans Direktion verlieh ihm Jetset-Flair, Weltläufigkeit, aus dem einstigen Hoftheater wurde eine dem neuvergoldeten Rahmen angepaßte Luxusattraktion der Wohlstandsgesellschaft, die man sich leistete wie den Sechszylinder oder den Swimming-pool. Man durfte es für symptomatisch nehmen, daß all das, was dem Theater damals an dialektgefärbter österreichischer Zeitdramatik zuwuchs, die gesellschaftskritischen Stücke von Wolfgang Bauer, Peter Turrini und anderen, nicht im Burgtheater, sondern im Volkstheater vorgestellt wurde. Erst Haeussermans Nachfolger gewährte der volkstümlich-entlarvenden Richtung mit Franz Buchriesers „Hanserl“ wenigstens im Akademietheater Zutritt.

Der neue Direktor Paul Hoffmann, den Haeusserman engagiert hatte, wie Hoffmann selbst seinen Nachfolger Klingenberg ans Burgtheater holte, bekam die Rechnung dafür präsentiert, daß das aufwendige Staatstheater den Wandel, der sich am Ende der sechziger Jahre in der Gesellschaft und auf dem Theater angebahnt hatte, weitgehend ignoriert hatte. Kaum war Haeusserman aus dem Amt, artikulierte sich die Kritik an dem „Krawattentheater als Foyerereignis“, wie es in einem Flugblatt hieß, das bei der Premiere von Beaumarchais' „Tollem Tag“ verteilt wurde. Daß auch von „Gulaschkultur“ die Rede war, traf daneben — das Burgtheater, das Hoffmann geerbt hatte, rangierte in der Tafelspitzklasse.

„Der tolle Tag“, der von den Protestierern einer „Aktion Wien“ genannten Gruppe ohne Echo verhöhnt wurde, erreichte nicht nur die meisten Aufführungen in Hoffmanns erster Saison, sondern bei einer Publikumsbefragung des „Vereins für Jugend und Theater“, der sich „Thespis 65“ nannte, mit 99 Prozent Ja-Stimmen auch den höchsten Grad an Zustimmung. Die meistgespielte Aufführung im Akademietheater war in dieser Saison Nestroys gallbittere Komödie „Der Unbedeutende“. Das Burgtheater Paul Hoffmanns paßte sich, Protest der Vergangenheit zitierend, der Gegenwart an, die damals voller Protest war: Protest gegen die satte, geist- und herzlose Wohlstandsgesellschaft, gegen die in Paris Studenten und Intellektuelle auf die Barrikaden gingen, Protest gegen den trägen Staatsmechanismus, gegen den anonymen Totalitarismus, in dessen Auftrag in Prag ein demokratischer Frühling niedergewalzt wurde. Pavel Kohouts „August August, August“, die traurige Clownerie vom Scheitern des Individuums, hatte Signalwert und wurde, auch Josef Meinrads und Inge Konradis wegen, in der folgenden Saison zum Ereignis und zum Erfolg.

Meinungsumfragen aus diesem Zeitraum klangen ermutigend. Das Stück schien wichtiger zu werden als der Schauspieler, wenngleich sich die großen Erfolge an auffällige Schauspielerleistungen knüpften, an Attila Hörbigers Knieriem (in „Lumpazivagabundus"), an Heinz Reinckes „Alten Fritz" und an Josef Meinrads „Hadrian VII.". Bei einer „Thespis 65"-Umfrage gaben 44 Prozent der auskunftswilligen Burgtheaterbesucher das Stück als Grund ihres Theaterbesuchs an, 21 Prozent die Schauspieler und nur 13 Prozent die Aufführung — mehr Leute, nämlich 17 Prozent, gingen ins Theater, um sich das Burgtheater anzusehen. Der Architekt Hasenauer war ihnen wichtiger als der Regisseur Kurt Meisel oder Gerhard Klingenberg... Zur selben Zeit nahm in Deutschland das Regietheater überhand.

Das Burgtheater besaß immer noch ein distinguiertes Publikum, für das der Theaterbesuch eine Frage der Garderobe war. Man ging ins Burgtheater, weil es Familientradition war, das Abonnement vererbte sich vom Vater auf den Sohn, noch häufiger von der Mutter auf die Tochter, denn die Wiener Theaterkultur ist immer sehr stark von den Frauen geprägt worden. Bis in die Gegenwart konnten nie so viele Abonnenten ihren Stammsitz aufgeben, wie Wiener auf der Warteliste der Bundestheater vorgemerkt sind.

Während der Direktion Hoffmann waren mehr als 80 Prozent der Abonnenten älter als dreißig, und wieder mehr als 50 Prozent über fünfzig. Von den Nichtabonnenten waren im Burgtheater etwa die Hälfte unter dreißig, im Akademietheater, wo zwischen soignierten Komödien öfters Modernes riskiert wurde, rund ein Drittel der Gäste. Hoffmann bekundete sein Interesse an der Jugend unter anderem dadurch, daß er im Akademietheater vierzehn Stehplätzen Raum schaffte.

Auch die Reform von innen, die von der erstmals gewählten Ensemblevertretung gefordert wurde, zielte auf eine Verbesserung der Publikumsstruktur. Im sogenannten Reformpapier hieß es: „Theater ist auch eine Leistung des Publikums. Ein gutes, aufgeschlossenes Publikum zu gewinnen, ist ein wesentliches Anliegen des Theaters." Wie wenig man dabei dem bereits vorhandenen Zuschauerkreis zuliebe Konzessionen machen wollte, verriet ein anderer Satz: „Bei Erstellung des Spielplanes ist die literarische Qualität eines Stückes höher zu bewerten als der zu erwartende Kassenrapport."

Eine Emanzipation des Ensembles wurde angestrebt, wie sie in der zweihundertjährigen Geschichte des Burgtheaters in diesem selbstlosen Sinne nie verlangt worden war. Das Burgtheater suchte, zumindest in den Formulierungen des Reformpapiers, den Konsens mit der Gesellschaft — aber nicht mehr mit der Salongesellschaft des Biedermeiers oder Jung Wiens, sondern mit einer in Gärung begriffenen, in Gärung zu bringenden Gesellschaft, ohne eine Schicht zu bevorzugen. Die Reformer im Haus verkündeten ihre Absicht: „Das Burgtheater als ein offenes Haus mitten in die geistige, künstlerische, gesellschaftliche Situation der Gegenwart hineinführen, sodaß die ‚Burg' ihre Aufgabe erfüllen kann: als Staatstheater der Zweiten Republik Österreich, als ein Wiener Kulturzentrum, als eine Bühne des Welttheaters in Mitteleuropa, aufmerksam beobachtet von unseren Nachbarn in Prag, Budapest, München, Zürich."

Zwei Jahre nach Haeusserman war alles anders. Der Großteil der von ihm angelockten Stars hatte sich wieder verflüchtigt, die Mittel wurden knapp. Die Luxusfassade des Burgtheaters blätterte ab, sie wurde nicht mehr als zeitgemäß empfunden; im Haus selbst kam es zu Verschlechterungen im Service, auf das Haeusserman so großen Wert gelegt hatte. Die Zahl der Premieren mußte infolge einer Budgetkürzung reduziert werden, die Einführung der 43-Stunden-Woche komplizierte den Probenbetrieb — Hoffmann, gesundheitlich nicht auf der Höhe, überließ es einem Jüngeren, mit diesen Problemen fertigzuwerden. Obgleich erst für den Herbst 1972 bestellt, übernahm Gerhard Klingenberg bereits ein Jahr vorher die Führung der Geschäfte.

XIV

ZEIT: GEGENWART

„Das Publikum des Burgtheaters konnte mit den Visionen nicht Schritt halten“, erklärte Gerhard Klingenberg in seiner programmatischen Erklärung von 1972, und er gab zu verstehen, daß er das Burgtheaterpublikum weder für die Welt noch für Österreich repräsentativ empfindet. Er machte das Publikum dafür verantwortlich, daß in den zweihundert Jahren Burgtheater vier Fünftel des Repertoires aus dramatischer Alltagsware bestanden hatten.

Klingenberg, häufig als der jüngste aller Burgtheaterdirektoren bezeichnet — was nicht stimmt, denn er war 1971 zweiundvierzig, Burckhard bei seinem Amtsantritt erst sechsunddreißig —, sieht das Burgtheater als Ort der Wahrheit. Der Wiener, der durch die Schule Bert Brechts gegangen ist, kommt aus dem Kreis der Reformer, er gehörte der Ensemblevertretung an, ehe er zum Direktor berufen wurde. Das Theater ist für ihn ein Instrument, die Gesellschaft selbst zu reformieren, ihren Kunstverstand zu bilden, ihr Bewußtsein zu erweitern. Überraschend ist vor allem eines: Das als verstockt, als uninteressiert geltende Publikum läßt es sich gefallen. In der Saison 1972/73 war die Zahl der Besucher sowohl im Burg- als auch im Akademietheater höher als im Jahr vorher.

Auch Klingenberg verleibte dem Ensemble neue Kräfte ein: Werner Hinz vor allem, Rolf Boysen, Wolfgang Hübsch, Herwig Seeböck, Christoph Bantzer, Norbert Kappen zum Beispiel, wobei nicht abzusehen ist, ob der Zugang in jedem Fall von Dauer und ein Gewinn ist. Viel auffälliger ist des Direktors Entschlossenheit, Ensemble und Publikum mit fremden Regisseuren zu konfrontieren, und es fällt auf, daß kaum ein

Vertreter des exemplarischen Regietheaters, das in der Bundesrepublik dominiert, zur Arbeit zugelassen wurde. Prompt warf Deutschlands größte Theaterzeitschrift dem Burgtheater vor, es meine, „daß Veränderung der Oberfläche einer Produktion" (also: Bühnenbild, Kostüm, Überwindung der Psychologie in der Rollenführung) schon zeitgemäße Theaterarbeit sei.

Der Vorwurf der Oberflächenkosmetik, der sich gegen eine Regiearbeit Klingenbergs, Ionescos „Macbett", richtete, wird immer häufiger auch gegen seine Direktionsführung erhoben. Unbestreitbar ist, daß er — auch positiv gemeint — Ensemble wie Publikum durch prominente Namen, die für Inszenierungen verantwortlich zeichnen, zu beeindrucken sucht: Peter Hall, Swinarski, Erwin Axer, Jean-Louis Barrault, Luca Ronconi, Jean-Pierre Ponnelle, Roberto Guicciardini, Jean-Pierre Roussillon, Kazimierz Dejmek und Peter Wood haben mit dem Burgpersonal gearbeitet, Walter Felsenstein, Giorgio Strehler sind willkommen. Nicht immer kann die Sprachbarriere überwunden werden, nicht immer hat es sich auch wirklich ausgezahlt, und im Ensemble hört man Kritik, wird ausgesprochen, daß kontinuierliches Arbeiten kaum möglich ist, wenn jedesmal ein fremder Regisseur, ein mit dem Haus nicht vertrauter Bühnenbildner das große Wort führt — und dazu eines Dolmetschs bedarf.

Zweifellos will Klingenberg, indem er das Unvertraute so radikal in den Blutkreislauf des Burgtheaters pumpt, eingefahrene Tradition brechen. Was den Spielplan betrifft, bewegt er sich, vielleicht gegen seine Absicht, nicht allzu abseits vom gewohnten Weg. Das Nur-Unterhaltsame einzuschränken, das literarische Niveau des Burgtheaters über den jahrhundertlangen Durchschnitt zu heben, haben Vorgänger wie Müthel und Gielen bereits unternommen. Einem sozialkritischen Drama wie David Storeys „Zur Feier des Tages", einer Tiefenlotung wie Harold Pinters „Alte Zeiten", in deren Nähe Edward Albees „Alles vorbei" einzuordnen ist, einem geistreichen Gedankenspiel wie Tom Stoppards „Akrobaten", stellte er die enttäuschende Nachhut des Absurden gegenüber: Eugene Ionescos „Macbett“ und Edward Bonds „Lear“, für dessen vom regieführenden Autor burgtheatermäßig gemilderte Greuel sich der Direktor im voraus bei den Abonnenten schriftlich entschuldigte. Thomas Bernhards „Fest für Boris“, Roberto Guicciardinis „Candide“-Montage erreichten Wien verspätet, Peter Handkes „Ritt über den Bodensee“ verfälscht, verniedlicht. Wie eine Inszenierung dramaturgisch aufzubereiten ist, bewies an einem älteren Stück, an Strindbergs „Vater“, ein hauseigener Regisseur, Achim Benning.

Als Klingenberg vor der Saison 1973/74 seinen „österreichischen Weg“ unter Betonung des Individuums proklamierte, vermutete man dahinter die Zähmung eines Widerspenstigen. Zu beurteilen, welchen Weg der Direktor Klingenberg künftig einschlagen und zu welchem Ziel das Burgtheater kommen wird, ist noch nicht der Zeitpunkt. (Das Berufsziel des Direktors selbst ist ja mittlerweile bereits bekannt, es heißt Zürich.) Das Publikum wird dabei zweifellos ein gewichtiges Wort mitreden wollen.

Hätte Laube oder ein anderer Hoftheaterdirektor sich entschlossen, Theater ohne jede Rücksicht auf das Publikum zu machen — es wäre ihm, gefördert durch einen aufgeschlossenen Monarchen, leichter gewesen als einem Burgtheaterdirektor von heute. Dieser ist weit mehr vom Publikum abhängig, denn dieses Publikum setzt sich aus Steuerzahlern zusammen, die sehr wohl wissen, daß die ganze Theaterpracht (oder das Theaterelend) aus ihren Geldmitteln finanziert wird.

Die Wiener wollen das Burgtheater haben, das sie verdienen. Seit der Kaiser nicht mehr in seiner Loge sitzt, ist jeder Besucher ein Kaiser. Und ein Burgtheaterdirektor dazu.

DIE DIREKTOREN DES BURGTHEATERS

Regiekollegium	1776—1789
Franz Brockmann	1789—1792
Regiekollegium	1792—1794
Peter von Braun	1794—1807
Kavalierskonsortium	1807—1811
Graf Ferdinand Palffy	1811—1817
Joseph Schreyvogel	1814—1832
Johann L. Deinhardtstein	1832—1841
Franz Ignaz Holbein v. Holbeinsberg	1841—1849
Heinrich Laube	1849—1867
Friedrich Halm und August Wolff	1868—1870
Franz von Dingelstedt	1870—1881
Adolf Wilbrandt	1881—1887
Adolph Sonnenthal (prov. Leiter)	1887—1888
August Förster	1888—1889
Adolph Sonnenthal (prov. Leiter)	1889—1890
Max Burckhard	1890—1898
Paul Schlenther	1898—1910
Alfred von Berger	1910—1912
Hugo Thimig	1912—1917
Max von Millenkovich	1917—1918
Hermann Bahr, Robert Michel, Max Devrient	1918
Albert Heine	1918—1921
Anton Wildgans	1921—1922
Max Paulsen	1922—1923
Franz Herterich	1923—1930
Anton Wildgans	1930—1931
Hermann Röbbeling	1932—1938
Mirko Jelusich (kommissar. Leiter)	1938
Ulrich Bettac (provisor. Leiter)	1938—1939

Lothar Müthel	1939—1945
Raoul Aslan	1945—1948
Erhard Buschbeck (provisor. Leiter)	1948
Josef Gielen	1948—1954
Adolf Rott	1954—1959
Ernst Haeusserman	1959—1968
Paul Hoffmann	1968—1971
Gerhard Klingenberg	seit 1971

REGISTER

LITERATURVERZEICHNIS

C. Maier: Über das Nationaltheater in Wien. Wien 1782.

J. H. F. Müller: Abschied von der k. k. Hof- und Nationalschaubühne. Wien 1802.

A. v. Sternberg: Ein Fasching in Wien. Wien 1851.

Karl Goldmann: Das Wiener Burckhardt-Theater. Wien 1891.

Heinrich Laube: Das Burgtheater. Leipzig 1891.

Ludwig Bauer: Unser Theaterpublikum. Wien 1896.

Alfred von Berger: Studien und Kritiken. Wien 1896.

Oskar Jellinek: Das Burgtheater eines Zwanzigjährigen. Wien 1907.

Otto Rub: Das Burgtheater. Statistischer Rückblick 1776—1913. Wien 1913.

Richard Smekal: Das alte Burgtheater. Wien 1916.

Jakob Minor: Aus dem alten und neuen Burgtheater. Wien 1920.

Hermann Bahr: Burgtheater. Wien-Berlin 1920.

Eduard von Bauernfeld: Erinnerungen aus Alt-Wien. Wien 1923.

Siegfried Loewy: Das Burgtheater im Wandel der Zeiten. Wien 1926.

Rudolf Lothar: Das Wiener Burgtheater. Wien 1934.

Franz Herterich: Das Burgtheater und seine Sendung. Wien o. J.
Aus den Erinnerungen des Burgtheaterdirektors Albert Heine.
Jahrbuch der Gesellschaft für Wiener Theaterforschung 1951/52.

Fred Hennings: Zweimal Burgtheater. Wien 1955.

Josef Karl Ratislav: 175 Jahre Burgtheater. Wien 1955.

Viktor Reimann: Die Adelsrepublik der Künstler. Düsseldorf-Wien 1963.

Ernst Haeusserman: Die Burg. Wien-Stuttgart-Basel 1964.

Friedrich Schreyvogl: Das Burgtheater. Wien 1965.

Fred Hennings: Heimat Burgtheater (Wie ich ans Burgtheater kam, 1906—1923). Wien 1972.
(Das republikanische Hoftheater; 1919—1938). Wien 1973.

ABBILDUNGSVERZEICHNIS

Abbildungsnachweis

Die Bildvorlagen für den Umschlag, das Frontispiz und die Abbildungen 2 bis 29 stammen aus dem Historischen Museum der Stadt Wien; jene für die Abbildungen 1, 30, 31 aus dem Bildarchiv der Österreichischen Nationalbibliothek und jene für Abbildung 32 aus dem Kurier-Archiv.

WIENER THEMEN

Waltraud Neuwirth

PORZELLAN AUS WIEN

Von du Paquier zur Manufaktur im Augarten

Dieses weite Gebiet umfaßt die Werke der 1718 gegründeten Manufaktur in der Roßau, die Porzellanmalereien und Fälschungen des späten 19. Jahrhunderts, Jugendstil-Porzellane nach Entwürfen von Hoffmann und Moser sowie die Arbeiten der Manufaktur im Augarten.

Gerhard Eberstaller

ZIRKUS UND VARIETÉ IN WIEN

Zwei verwandte und doch verschiedene Genres, die in Wien auf eine wechselvolle Geschichte zurückblicken können. Die Kunst der Artistik hat trotz mancher Krisen auch in Österreich alle Zeiten überdauert und präsentiert sich in zukunftsträchtiger Form.

Reinhard Urbach

DIE WIENER KOMÖDIE UND IHR PUBLIKUM

Stranitzky und die Folgen

Die Wiener Komödie ist nicht harmlos. Als fröhliche Katastrophe übt sie mit Hanswurst, Bernardon, Papageno, Kasperl, Waberl und den Rollen Nestroys Kritik und demonstriert die Überlegenheit der Untergebenen.

Jugend und Volk Wien München

J&V

WIENER THEMEN

Otto Erich Deutsch

MUSIKALISCHE KUCKUCKSEIER

und andere Wiener Musikgeschichten

Otto Erich Deutsch hat den auf authentischer Grundlage basierenden musikalischen Tatsachenbericht als wirksamstes Mittel gegen die legendenhafte und anekdotische Verfälschung geschaffen. Seine nachgelassenen Essays sind Dokumentation und literarisches Kunstwerk zugleich.

Heinrich Lunardi

ALTE WIENER UHREN UND IHR MUSEUM

Die Zeit des Tages, die Zeit einer Epoche — beides ist abzulesen von alten Uhren. Ein Gang durch die Geschichte der Zeitmessung, ein Gang durch das Wiener Uhrenmuseum.

Jugend und Volk Wien München

J&V